# A MORTE É ArianA

CIP-BRASIL. CATALOGAÇÃO NA PUBLICAÇÃO
SINDICATO NACIONAL DOS EDITORES DE LIVROS, RJ

N339m   Nejar, Carlos
        A morte é ariana / Carlos Nejar. – 1. ed. – Porto Alegre [RS] : AGE, 2023.
        111 p. ; 14x21 cm.

        ISBN 978-65-5863-167-5
        ISBN E-BOOK 978-65-5863-166-8

        1. Romance brasileiro. I. Título.

22-81310         CDD: 869.3
                   CDU: 82-31(81)

Meri Gleice Rodrigues de Souza – Bibliotecária – CRB-7/6439

Carlos Nejar

# A MORTE É ArianA

PORTO ALEGRE, 2023

© Carlos Nejar, 2023

*Capa:*
Maximiliano Ledur

*Diagramação:*
Júlia Seixas

*Supervisão editorial:*
Paulo Flávio Ledur

*Editoração eletrônica:*
Ledur Serviços Editoriais Ltda.

Reservados todos os direitos de publicação à
**LEDUR SERVIÇOS EDITORIAIS LTDA.**
editoraage@editoraage.com.br
Rua Valparaíso, 285 – Bairro Jardim Botânico
90690-300 – Porto Alegre, RS, Brasil
Fone: (51) 3223-9385 | Whats: (51) 99151-0311
vendas@editoraage.com.br
www.editoraage.com.br

Impresso no Brasil / Printed in Brazil

*Marc Chagall – A Revolução*

Para Elza,
cujo amor
nunca me deixou
perder a coragem.

> Quando estava preso em um campo de concentração,
> viu flocos de fumaça entrarem em sua cela. Fumaça humana.
> NICHOLSON BAKER

> Rato: 4. O indivíduo que frequenta assiduamente determinado lugar: biblioteca, igreja, praia... (partido, ou instituição).
> DICIONÁRIO ANTÔNIO HOUAISS

> O poder sem o abuso perde o encanto.
> PAUL VALÉRY

> A imaginação é a loucura da lógica.
> NICOLAS DE MALEBRANCHE

> Ser grande é ser mal entendido.
> EMERSON

> A verdade sai do poço sem indagar quem se acha à borda.
> MACHADO DE ASSIS

> A loucura é a alegria dos loucos.
> SALOMÃO

> Se tratas de diminuir tuas perdas,
> não vais ter perdas a diminuir.
> ROBERT LOWELL

> Os mortos – estes ainda mendigam, Francisco.
> PAUL CELAN

> O amor morre pela boca.
> LONGINUS. LIVRO DAS VIDÊNCIAS

# Apresentação

Se me coubesse dizer algo sobre este texto, arrolaria quase fatalmente um glossário de palavras afins – para, ao cabo, afirmar que, como "romance" – é assim que ele se apresenta – é a sua própria negação. Mas como dizer com uma única palavra o que é ele? Romance.
 É um universo que, não metaforicamente, se pode dizer "cosmos" (com sua harmonia e limpeza), mas nesta forma tem nome *O túnel*, que poderia também ser *A hýbris*, "excesso, impetuosidade, insolência, orgulho, fogosidade, desenfreio, desespero" – em que Carlos Nejar, que já experimentou e realizou de tudo na ordem literária, atinge seu clímax, com criatividade, liberdade, revelação, discernimento, passionalidade e estupendo domínio verbal extracanônico mas epifanicamente encantatório.
 Coisa de poeta que ultrapassou bordas e lindes – mas cuja leitura me parece inarredável a quem saiba e ame ler sem condicionamentos: *opus Magnum*.

*Antônio Houaiss*
Rio, set. 94

# Sumário

Capítulo primeiro ................................................................. 13

Capítulo segundo ................................................................. 17

Capítulo terceiro ................................................................... 25

Capítulo quarto .................................................................... 33

Capítulo quinto .................................................................... 37

Capítulo sexto ...................................................................... 45

Capítulo sétimo .................................................................... 51

Capítulo oitavo ..................................................................... 55

Capítulo nono ...................................................................... 67

Capítulo décimo ................................................................... 89

Colofão ................................................................................ 111

# Capítulo primeiro

Escrevi o que não sei e vou continuar escrevendo, e este texto tem viventes dentro, ignoro quantos. Penso ser entendido e entender. Nada é acabado por sermos fragmentos: são esses que duram. Brotei e não discuto com a semente. O que faz viver, faz ruído. E acontece dentro e fora.

E se Deus não viesse, como estaria eu brotando? Sim, leitores, não estranhem: nasço em cada livro. Deus me levanta em estado de graça e alma: quantas vezes tenho de morrer, para de novo nascer? Possuo matéria viva, matéria indestrutível.

Disse-me alguém que se Deus quer punir põe dentro de nós o seixo da loucura e não se sabe mais nada a não ser chispar de razão.

Escrevo por ter compaixão deste povo do interior de Riopampa, a Aldeia de Albion, e pela capital com seu velho Moinho, que fez história e foi morada de regentes e de guerra, tendo sido produtor de trigo e depois habitação. Nem se pode esquecer a luta e a vitória de Riopampa contra o povo vizinho de Solturno pela água do rio Tonho (ou Sonho). E o Moinho tendo as orelhas atinadas, resistindo ao desabamento, com o seu arcabouço férreo, tornou-se um mito na vida de Riopampa. E como todos os mitos, não era tão cedo aposentável. Isso eu pensava.

A Aldeia de Albion conservava pedras lapidadas e brancas na entrada, como se ovos gigantescos fossem. Ou casulos que tivessem aninhado aquela comunidade, que, ao crescerem, rebentaram a casca. E os ovos pareciam ter vida própria: brilhavam ao amanhecer.

Lembro: aos nove anos dava voltas na primeira bicicleta e me choquei com a vizinha Elisabeth, de longas tranças. E foi o primeiro exaspero. Culpou-me: ela que se atravessou na minha frente. Ninguém se machucou, mas os aros da bicicleta se romperam, o que foi mais dívida a meu pai ferreiro. Dino era seu nome. Pagou com presteza. A cada giro da roda, girava o mundo e me equilibrava como se fosse a roda do princípio do universo, ou de alguma abúlica constelação. Vadiava as aulas, mentia, como a bicicleta onde avultava a culpa, estando eu condenado em pena máxima, ao quebrar a confiança de meu encanecido pai, dobrado sobre o martelo, calvo, junto ao estuante forno. Não sabia ainda viver e era o viver que me enganava, sem conseguir distingui-lo. Não adiantava. Ninguém encontra, ou encontrará mais o que passou. E não queria ter nada em relação à Aldeia, e ela me olhava com ternura.

Mas há tendências que não cabe investigar. Damasceno, cheio de insígnias, capitão da guarda, homem austero, digno, robusto, se transformou subitamente num boi. Com fábrica na língua, fábrica de insensatez, a esposa Rovana, tendo cabelos de ouro na cabeça, não reconheceu o boi que, pesado, sentou-se na resistente cama do casal. Tentou com uma vara tocá-lo para fora e empedernido quis ficar, com as dobradas patas. Não se sabe a vitalícia cortesia dos animais. Cansada de resmungar, Rovana adormeceu envolta pelo confuso aroma do boi. Mais em que a raça humana se diferencia: animais pacíficos e os homens turbados. Logo Damasceno se deu bem com os outros animais no que tan-

ge à água e aos alimentos. E o boi Damasceno tratava de trabalhar no arado, amainando a terra.
Ao pastar, era como se o espírito lhe caísse dos olhos. Ou se a oficina de sua razão toda estivesse na grama. Não sabia quanto reparava no mundo circundante, ou que consciência lhe circulava na ponta do focinho. Era açulado pela fome, que argumentava, ciosa, no paladar.
Quando resolvia, por não ter mudado de alma, o boi se transformava em homem e se acasalava com a mulher sedenta: na semente do homem, com potência e luxúria se comprazia. Ao vê-lo nos negócios da contabilidade, não havia desconfiança de que no homem andava o boi. E na muita habilidade, jamais tal enigma era decifrado. O que possibilitava sempre a mudança da natureza era não trocar de alma. E a esposa Rovana estranhou, mas tal era o prazer que lhe proporcionava o homem, que suportava o boi. E era pacato. Modesto. Diligente com os pequenos chifres e o atinado coice. Rovana acolhia numa vez um sonho e noutra o pesadelo, esse não era tão feroz, nem tão intruso. O hábito acomoda a alma e a alma, ao hábito. Parecendo pertencer ao mesmo tronco. E o que ninguém percebia, salvo a esposa, que a fábrica na língua produzia mel e o mel fermentava a língua, que não tinha nada a filosofar, ainda que guardasse o bafo da tristeza humana.
Minha mãe tinha um pescoço longo e desmedido quando subia o vagão do trem, e ele a fitava: os centímetros lhe davam gritante exagero. Mas tinha olhos bem firmados, que atraíam, além da bondade serena e prática que não se desatinava. Jacira era seu nome.
E curiosamente, pelo mesmo trem vi descer um clérigo, com meias e sapatos vermelhos, perguntando onde era a

igreja. É a protestante, eu disse. Tinha tom episcopal; pelo visto, visitava o pastor, que era seu amigo de infância. Confirmei depois. Não sabia como a infância podia mesclar dois opostos credos – um protestante de alma e outro católico de corpo. Vi que a infância é universal, ao se abraçarem como meninos no Éden. O sobrenatural que é mágico. E que matéria maior do que o amor? Ou que amor, no entrar e sair da vida, é travessia?

# Capítulo segundo

A Aldeia de Albion não imitava em nada Riopampa. Mantinha o ar ancestral de coisas que não andam com o tempo, e o segredo era o acordar de alma. Já foi achado ouro nas suas minas e bateia de pedras preciosas no rio. A porção de sol era tamanha que se precisava de óculos para não causar nos olhos feridas. Foi território de velhas escaramuças, agora de paz. E a febre que às vezes atiçava os habitantes era a da imaginação. A fantasia demasiada os fatigava. E nem uma tremenda enchente que invadiu as casas tirou o dom de imaginar.

Como disse Odorico, ancião, de quem não se alcançava a idade: — As coisas vêm para descansarem na fartura da paz. A loucura é o aviso da sensatez. E a enchente foi engolida pelo sol. E fora.

Havia um sábio, mestre de gerações na escola, Ilíado, de tez brônzea, olhar olímpico, defendia o raciocínio de que temos períodos em que não vivemos, só estamos vivos e outros que parecemos mortos e estamos vivos. O real e o aparente nem sempre se confundem. E a frase marcante: — O intelecto é autoritário, não é democrático! Atingindo o ponto em que acreditava — o de que os poetas agem com a verdade, onde às vezes filósofos tropeçam. Mas todos achávamos que havia uma rachadura no tempo da Aldeia; só não se sabia onde. Uma certeza vinha, a que o longevo Odorico falava: — Tudo que é da natureza caminha ao aniquilamento. Há um barômetro em Deus. E onde eu estava não ouvi a queda do som nas minhas orelhas. E escrevo de Riopampa, já não da Aldeia de Albion. Por estar junto ao pó da pedra do Moinho, que também tinha orelhas nas pás, gemia durante gerações. Alguns companheiros, e dou nomes: Orhan, Calustre, Luciano, Alberico, todos de punhos fortes, sentavam-se no escuro, com ferramentas, tentando consertar o sopé do Moinho. E no escuro ninguém lograva sequer imaginar o pensamento deles, ou nem pensavam; trabalhavam maquinalmente. E o Moinho girava com olhar de quem não se interessava por nada. A realidade é incontornável. E aquele pó conciso não era apenas da dura terra; crescera para cima com ossos ancestrais. E séculos que vigoravam junto ao pó. Tudo se gasta de tanto gastar, com a noite, estágio permanente. E um companheiro não se distraía de outro diante da matéria que não continha vida. Só parecia disfarçadamente viva. E nunca se escutou que piedade fosse sinônimo de pedra, nem pedra sinônimo de piedade. E o Moinho tinha a impressão de voar e de não ter peso.

Um filósofo conhecido de Riopampa e que tinha a língua nas mãos, gesticulando furiosamente, com palavras escassas, alegou que o Moinho era a condição humana que se movia ao vento. E o vento é que desejava falar no Moinho, o vento bradava em idioma ignoto. Ora, estudioso algum conseguiu demonstrar seja a condição humana do Moinho, seja o discurso proceloso do vento. E não importava, salvo o desenhar giratório, igual ao movimento da fortuna. Esse, segundo consta, não possui olhos, e se os tivesse, surgiria o perigo de os substituir bem mais, pois quem é visto não é lembrado. Chamava-se Matias Erobo, pensador cuja língua desenvolta nas mãos inquietava os alunos da Universidade.

Mas era um novo estilo, como os há na literatura e nos costumes. E a imaginação humana não tem tréguas, mesmo no lombo dos cavalos.

Esqueci o nome do magérrimo Sanches, que se sentava no solo, ao meu lado, junto ao Moinho. Dizia que o pó marcava o fim da estância humana. Gostava de filosofar, ainda que com formação mal saída do primário. Não sei se é o fim ou o começo, não interessa. E achava que a lei do mundo era a paciência.

Todos saímos de um ventre, e eu tinha a nítida impressão de que saíra do covo da terra. Com o casulo rompido e de novo costurado. Saíra, miraculosamente, da tumba para os vivos. Como os vivos saíam da maternal barriga para a tumba. Mas era coisa de juízo. E quando Deus ataca, retira a flor do juízo.

Mas quem achava ter alguma flor no juízo, era Célio Abas. Residia nos cafundós de Riopampa, ali onde a noite deixa as botas (para alguns usa longas sandálias). Célio fora atleta na mocidade, um corredor olímpico veloz. Agora a velhice o pegara, de vez, tornando-se mestre na escola da comunidade. Defendendo, delgado e alto, olhos oblíquos, testa enrugada, a tese de que, mais do que caminhar com os pés, há que caminhar com o pensamento. Não cansa e desenvolve as formas da alma. Os jovens ouviam, quietos, sem acreditar. Até que a morte acreditou nele e correu de muito pensamento sob a terra.

Volvendo para a Aldeia, a comida ali mais comum eram os caranguejos. Gostava de arrancar-lhes as patas e era minha desumanidade. Os caranguejos não mostram a dor na cara. O que parecia divertido. A crueldade nesses seres é mais pungente do que a dos homens. Mesmo que não se saiba do que os homens são capazes. Até o inofensivo dói. Os caranguejos cresciam rapidamente depois disso. Cresciam e quando os punha no cesto, verificava que o movimento ao serem capturados era a dor. O amor é animal em vias de extinção. E é animal a extinção do amor. E não sei se os mortos são amigos dos vivos, apenas se suportam. E o silêncio nunca permanece intacto.

O tal Moinho de Riopampa não era somente relíquia mas estado de espírito, um estado maior do que o espírito. As paredes mal se sustinham. A roda roída, a escada cambaleante, e o Moinho viveu tudo de uma vez, o apogeu e a queda de Riopampa, quando terminou invadida pelos cavalos. Nada desmemoriava mais do que o infortúnio. E o amor que se mistura ao poder e ao ódio é energia atômica. O mal se apanha pelas asas. Mas o Moinho ainda dava mostras de estar vivo, tomando arpejos humanos. A umidade começava a correr pelas peças e o Moinho principiava a ter rosto, como se lhe voltasse um him de loucura. Via que mastigava vento. Tinha cabeça de cavalo e o focinho nas pontas. Com algo de espantalho nas bordas. Parecia não ver com os olhos, mas com o corpo. Como um bicho grande – cavalo e homem. Um continuando o outro. Só faltava andar. E tinha pata humana.

Talvez por ter querido nascer cavalo, o pampa tem essas desinências, e aquele Moinho dava a impressão de ser tão poderoso, como se caminhasse para o fim. Num alento de energia. Tendo almas que não conseguiam se apartar dele, almas soltas por dentro e cabisbaixas por fora. Tal como se houvesse morrido no tempo e agora ressuscitasse. Não voltando da alma para o corpo. Nas reentrâncias do mito não há volta. E o Moinho estava paralisado; seria estranho se não estivesse. Mas o enigma é maior da matéria do que do espírito. O que está vivo tem alma. Os bichos têm alma. E por isso que minha finada cachorra Lelé me olhava de tão fundo, porque era de alma.

E via o povo criando vacas, leite, queijo, manteiga. O que é vivo possui alma. Nada do que é vivo nos esmaga. Não havia relógio. Os habitantes acompanhavam os dias com a memória, as horas pela posição do sol, os meses pelas fases da lua e pelo ar e as árvores contavam as estações. E as sombras falavam o tempo; ninguém é mais eloquente do que ele. E pesavam mais do que o tempo.

Josué era um criador de força. Com as vacas ao redor. Gordo, pequeno, de braços largos. Dizia: – Leite é alma! Entendi. Porque o leite se vai derramando para dentro, atrás do clarão do corpo.

Não escrevo, leitores, um romance; o romance que se escreve. Escrevo com a luz e a luz tem alma.

Zulim era outro tipo. Usava chapéu de palha e se achegou; tinha pernas finas, olhos negros, aguçados.

– A luz está muito forte nesta manhã – falou. – Sim, parece ir caindo no escuro – repliquei. Foi quando o vento derrubou seu chapéu e ele foi correndo atrás do vento, até que o soltasse.

Zulim possuía um potro e muito se ligara a ele, desde a infância. Montava-o pelos prados. E tal liame fez com que Zelim mudasse de natureza: ora era potro, ora homem.

Aconteceu que um malfeitor deu um tiro na ilharga do animal, e o homem começou a sair do potro abatido, movendo as pernas na convulsão. E Zelim saltou ileso diante dos olhos atônitos. Porque não mudara de alma. Se o fizesse, morreria junto. E o potro se desfazia como parte da primavera.

Viver é ter altura de chegar e altura de descer. Assim cresci e soube dos governantes de Riopampa. Agora o velho Moinho desejava imitá-los?

O verossímil é o último grau do maravilhoso. E o que governa Riopampa é um burocrata, com os dias encolhidos dentro de catálogos do bem servir. Encolheu sem se dar conta a agricultura, pois encolhia o que tocava; não o fez mais, graças ao rio Tonho (ou Sonho) que a reverdeceu. E com senso pátrio, renunciou. Morreu, por incrível que pareça, por preguiça de respirar, afundado num riacho raso. Como foi também sua vida. Mas a morte nem sempre se explica com a vida, nem a vida com a morte, em cuja palma não há lei. Mas algo se deu. Tinha um cavalo dentro dele: desaprumado escondia. E se foi tornando maior que seu corpo: explodiu. A natureza da alma desabou o frágil andaime do corpo. E o coitado – seu nome Lousale – não sabia que tinha a bolha de um cavalo a entupi-lo por dentro. E rebentou. É isso o existir entre meadas e perigos. Quem sabe o comprimento, a largura, ou a data e o acontecer de sua morte? Ou desse dormir que vira sombra, ou se vai por debaixo de pedra. Ou tem ninhos bem nos caroços do orvalho. Ou se carrega, ou não, a tal bolha no ventre, como se fosse um balão sem dirigível. E curioso, o homem não alcança o fundo do homem, nem reflete sua imagem no espelho dos conhecimentos, ou em si mesmo. O tempo sabe de nós, mas não sabemos um tiquinho que seja do tempo. E é ele que maquina, como se nada mais fizesse. Tolo é o que crê nele. Porque até a luz a seu favor trabalha. E a simplicidade é o conhecer que vem dos cimos. Com respirar rarefeito. E o idioma do silêncio, calcário, álgido. Idioma sem sílabas. Por onde sobe o temor que os mortos têm dos vivos.

E a glória dos cimos é o ar que levanta a águia. É a águia que mergulha no espaço. Sem engarrafamento. Mesmo que a glória seja fumo e o poder, neblina trancada na caverna, ambos se dissolvendo com o sol. Mas, ali a língua chega às nuvens e o vento, que pertence à mais livre das civilizações, fala do paraíso. E o paraíso começa no tocar do vento.

# Capítulo terceiro

### 1.

Tudo nas coisas é consciente, até que não o seja. E deu-se no governo do burocrata Lousale, um assassinato não explicado, numa das casas senhoriais de Riopampa, sitiada no bairro nobre.

    Uma mulher chamada Florina recebeu dois floridos tiros de revólver no peito, onde não ficou ferrugem azul de sangue cristalizado. Os olhos da morta continuavam grandes e foram fechados. Havia a certeza de que o assassino entrou pela janela quebrada. Não subtraiu nada. O corpo jazia no assoalho ao comprido, ainda que se diga que a morte não tem corpo algum. Ficou abalada a cidade e os parentes, sobretudo Joaquim Balzé, o marido, próspero construtor. A finada retinha extasiante beleza. Assim que enterrada, começou-se a pensar que o assassino se asilara em Riopampa e deveria ser descoberto a qualquer custo. A polícia o buscou e se viu ineficaz. O marido estava disposto a pagar vultosa quantia a quem o desvendasse. E ali a morte tanto aprendeu a morrer, que encobriu na sua sombra o matador.

    Dias após, um bando de estrangeiros apareceu na cidade, bem trajados, com seus carros e poucas palavras. Alguns queriam saber quem eram. Hospedaram-se no hotel Alúmen e tomaram um andar inteiro. Ninguém saía para fora. Nas rodas de conversa todos estavam atentos aos intrusos, porque uma cidade como aquela se fecha como um bolo sem velas. Uns diziam: – Vamos tirar a limpo e pronto! Outros não: – Se são metidos, aqui não cabe soberba. E ficaram na espera como linha no botão da água.

Aquele grupo tinha algo de suspeito, E eu, leitores, nunca fui discípulo do Cândido, de Voltaire, crédulo por natureza. Pensamos que o tal assassino de Florina podia-se ter antecipado à vinda do bando. – E as conjeturas amadurecem no rocio – afirmava o Juca Teolindo, boticário experiente, com raias de poeta.

O tal bando demorou a sair do hotel e contrataram operários. Não se entendia para quê. Depois se soube. Compraram um terreno imenso e todos se vestiam iguais. Os rostos mal apareciam, pouco distinguíveis. Pressenti que o que se formara era uma casca de serpente.

Não saía deles palavra, mas o prédio se edificava, pedra a pedra, com formato um tanto estranho. E um vizinho, o Malaquias, exclamou: – Que raios de prédio é este? E podia até ser um raio estrondoso, apascentando raios menores, filhotes. Todos de pedra dura. Algo ali sondava como um tigre. E ainda surgiram formigas fervilhando em tocas diversificadas, como em lugar estratégico. Prontas, açuladas. Cercando o edifício. Tal se aqueles homens intrusos as atraíssem. Como chamas. E algumas delas já subiam nas árvores. Tudo se harmonizava no delírio ofensivo. Não eram os homens, eram elas as atormentadas. Famintas. E dentre as formigas, ergueu-se uma formiga mais alta, que liderava as confrades animosas. E acendeu os olhos, focando o edifício, e as lâmpadas se alumiaram. Vi então a comunhão entre o bando e as formigas. O que sucedia, não percebi inteiramente. Mas suspeitava que um tipo de maledicência se confundia com a mesma sensação de cobras preparando o bote, ao enrolar seus anéis e a cauda.

O prédio já se alteara com tantos operários. Mas o que era, o que significava? O que espreitava perigosamente Riopampa? Escrevo o que não sei para saber. Ou é como se eu não soubesse de tanto saber.

Diz Cervantes que se quisermos sair alegres de uma querela, devemos dobrar a capa e sentar em cima. Não podia seguir o conselho do *Quixote*, sob pena de me sentar num formigueiro. O que não é aprazível às partes de baixo e às de cima. Mas não é a existência esse ferrão poroso?

O que fiz foi o bom uso da palavra. Deixei-a sobre o formigueiro que queimava. E o surpreendente é que as formigas iam digerindo a palavra, como a miolos de pão, aos poucos. Tal se cruzassem dedos de fala entre elas e depois engasgassem, e a palavra então as ia devorando, devorando, igual ao cão que come o osso e o osso que come o chão.

Foi quando a formiga-mor me atacou com olhos febricitantes. Ou estava no princípio do mundo como se levasse no braço a linhagem que era acidental mistura de letras do alfabeto.

Kafka disse, certa vez, que Deus não criou os percevejos, mas criou as formigas. E os gênios pressentem, não sabem de tudo.

E um percevejo podia subitamente subir debaixo da camisa do autor tcheco, o que seria uma curta alegoria da criação e do horror. Mas o princípio do mundo é quando a argila amolda a fábula. E o mistério é o emagrecimento da noite. Que vaza para cima.

# 2.

O prédio alcançou três andares com guardas nas portas. E seus moradores eram ignotos. Ninguém os conhecia. Quanto às formigas, desde a mais desenvolta, foram devoradas pelas palavras, e as palavras as esmagaram, e a última, a mais saliente, expirou sufocada. Com todas as outras. Era como um exército devastado.

Coloquei palavras na entrada do prédio, e ali davam a impressão de muitos olhos, espreitantes.

E eu que escrevo o que não sei, decidi esperar até que a clandestinidade do prédio e de seus habitantes mostrasse o seu desígnio, que não era benévolo, já que combinado com o derruído exército das formigas.

E os ocupantes do prédio, que começou a ter a forma circular, deram-me a convicção de que ele fora posto, de propósito, na vizinhança do edifício do Erário, lá no fundo.

Vi que se ampliou o número de guardas armados. Situando-se perto um novo edifício, recém-criado, sede da Companhia de Petróleo, que principiou a sua extração, atualmente próspera, em águas do Marechal Oceano. E então me assentei no chão, longe do alvo dos intrusos, risquei o círculo e disse a palavra, e o solo começou a estremecer como se fosse abalado por um terremoto, e se abriu um precipício entre eles e nós: na medida em que punha palavra, alargava-se, cada vez mais fundo. E todos os do outro lado ficaram amedrontados, ao vislumbrarem elementos de matéria sobrenatural. Nunca haviam visto o que contemplavam. E tomei o meu cajado, de raro uso, apontei com ele para o tal abismo, e pedras principiavam a cair, e o lugar em que estavam cambaleava como um bêbado. Perguntei a Josué, um dos companheiros, à esquerda: – Acreditas na fatalidade? Ele riu, estupefato com o que via, e disse: – Creio. "Generoso é o que se ocupa de coisas grandes" – citou o *Quixote*, que seu pai lia, quando pequeno.

Tomei uma pedra e de novo falei a palavra em voz alta, como se explodisse no intervalo entre os inimigos e nós. E tracei agora no ar o círculo, e da pedra que se afundou lá no fundo, começou a crescer um mar de ondas veementes e batia nas paredes do prédio, onde se acoitaram os intrusos. Vi que as paredes não eram resistentes e vacilavam: duas andorinhas olharam espavoridas. E não era só fatalidade, era o cosmos que se levantava. Doutro lado da cidade, o Camarada Oceano também se erguia, e se viram cercados de água: não sabiam o que fazer, pois cada um tem a medida de suas forças. E me lembrei do rio da infância, o círculo concêntrico que as pedras ocasionavam. E os círculos se elevavam, indo e vindo como as andorinhas. E o tempo era mal cozido no forno do espaço, o que o tornava fumegante, irremediável.

Levantaram do prédio uma bandeira branca – a dificuldade era atravessar o abismo, e a balançavam inutilmente. Não podia recuar o mar ou recuar a pedra arremessada ao fundo. Não críamos nas boas intenções de nenhum deles. O que é clandestino e se esconde não tem o meio-termo da boa vontade. Vimos a vinculação com as formigas, e rosto algum se mostrou a lume. Mais outras aves se debruçaram no ar, e nós não nos arredamos. Não havia bandeira branca. Nós os deixamos ao alcance minucioso das marés, e era pouco. – Viste a fatalidade? – Indaguei de novo a Josué e respondeu: – Eu a vi demais. Não tínhamos pacto com tais invasores, e perceberam quando o mar derrubou um de seus muros.

Deixamos alguns dias aqueles intrusos encurralados pelas águas. Disse alguém que a natureza não existia mais, só nos sonhos. Mas a natureza guarda a raiz da catástrofe. E talvez fosse necessário ser bárbaro para resistir. E éramos na defesa da terra. E com o círculo de ouro que teceram na entrada, dei-me conta de que podiam ser remanescentes que governaram Pedra das Flores. O que mais me deixou perplexo. Juntei os companheiros. Zé Cândido, que cuidava de passarinhos e pegou seu fuzil do tempo da guerra, conservado na parede da casa; Olímpio, atirador, com pontaria infalível, que passava os eitos cuidando das rosas do jardim. Chamei Luiz, carpinteiro, que era bom de espingarda e nada lhe escapava. José, o bodegueiro, se apresentou solícito. Quando lhe mandavam tomar um copo de leite, esbravejava, corpulento. Era ajudador quando ocorriam partos; certeiro, como raros, no atirar a faca.

– Estou com medo! – disse Laurindo. – Eu sei – respondi. Todos temos.

### 3.

Os tais seres clandestinos não eram de outro planeta, mas deste e da má-fé, com seus trajes escuros e os óculos mais escuros ainda. Vimos esgueirarem-se alguns pela janela do prédio. E falei, de dedo em dedo, àqueles companheiros. Os óculos são bons para o alvo: todos os óculos vão ser enterrados junto a eles. Terão precisão noutra vida – brinquei e os demais riram. Vamos na arruaça! – gritou José. – Vamos à luta! – gritei para Albino, metido a filósofo nas horas vagas. E apontava a arma detrás de uma árvore. Nem posso esquecer o valente Guido, de suíças nas bandas do semblante, conversador e atirador exímio. Ficamos à espera. Dúplice é o olho, antes do engatilhar da mão.

Tinha a certeza de que o assassinato de Florina foi ato de um dos intrusos que se antecedeu, vindo nas caladas. Mas nunca entendi por que a morte de Florina. Ou havia ligação mais profunda entre eles e Joaquim, talvez pelo seu passado em Pedra das Flores. Servira ali alguma vez ao Círculo? Nada se sabia. E sucede que os vivos se desculpam: os mortos se disfarçam no ataúde.

Veio após quem não aguardava – o abelheiro da cidade, Onofre, com a mania de soprar a casa das abelhas por provocação e trazia uma pistola automática, herança de seu pai guerrilheiro. Manejava, segundo dizem, nunca vi, com galhardia.

E minha palavra caminhava, voejante sobre o precipício: enxergava tudo. E num jato, Faustino, o sapateiro, saiu-se com esta frase premonitória, que calou a todos: – Fica com a derrota o que mais mortos sepultar! Não sabíamos quantos estavam do lado oposto. Preferi murmurar: – Todos estamos curiosos do que é a morte, mas só entenderemos depois.

Vi uma onda alta retirar pedras daquele prédio, que rolavam. E ninguém viu a ordem, nem soube. O fato é que começou o tiroteio, o zum das balas. Dois que estavam mirando na fresta inimiga tombaram, com seus adjuntos óculos para monitorar a escuridão.

Trovejaram balas de cada lado como um vendaval. Gritos, gemidos. Os mais ocultos disparavam do telhado, e as telhas caíam no ribombo e resvalavam lá embaixo. A pontaria de Guido e José, o bodegueiro, não falhava. Era a cachaça chumbada de mais um tiro.

Foi ferido nos ombros e no braço esquerdo Onofre, o que lhe doeu como um ferrão. E Faustino foi machucado no pescoço que nenhum grito deu, apesar de se arrastar de dor. O tiroteio continuava como se matar ou morrer descartasse a imaginação. O Marechal Oceano por trás derrubou a parede do prédio, que ruiu com fragor. Aumentava a morte cada vez mais afiada pelo lado adverso. E o abismo tem cãibras nas pernas e se aborrece de ficar inútil, ao comprido, como se sofresse sobre vara de transpor o vento. Não se sentia bem na sua pele funda, esticada. Na pele que parecia desatenta, com o forro para fora. Quando o abismo chama o abismo. E o abismo vem na emboscada. Como estilingue com pedra posta na boca. Arremessando, arremessada. No alvo.

# Capítulo quarto

Este Moinho de Riopampa era versado em aventuras, tinha sua estrutura ainda apurada e não lhe importava se a vida era muita ou pouca. E se alteava na proximidade do Marechal Oceano, nas costas do edifício do Erário, bem guardado, o que não costuma se dar em relação aos rinocerontes dos cofres públicos, raça suspeita e que se arvora de poder, para roubar.

Infelizmente a virtude já não engalanava a República, como antes, e um dos objetivos frustrados daqueles intrusos não era a grandeza, mas a vilania. Não desejavam governar a cidade, mas saqueá-la, por sabê-la rica.

E o Moinho situava-se bem antes do Erário e do fórum e perto da Companhia de Petróleo.

Sim, o que ninguém esperava é que o arcaico Moinho, composto de cavalo e homem, um escondendo o outro, com o zumbir tonitruante de almas, começasse a andar. E o que não se podia negar que se mostrava de olhos penetrantes, vagando passo a passo, com as patas do cavalo. E a palavra, que parara, começou a se mover. E o Moinho andava. No início oscilando, levando o tamanho nas costas, depois decidido, vimos que caminhava na direção do prédio dos inimigos. Reiniciou o tiroteio e o abelhar das balas. Dois que apontavam do canto do prédio tombavam, num grito de horror.

E o que contemplamos, espantados: o Moinho bateu com desusada violência contra o prédio, que tremeu nos fundamentos, tremeu e desabou numa das partes. E paredes, que eram frágeis, se desmontaram. E o Moinho foi andando, invadindo o prédio todo. E a fumaça era irrespirável. E as narinas do Moinho se chocaram contra o ar-condicionado das salas: foi tudo desandando. E pessoas desandavam juntas. Depois foi a vez da palavra que derrubou cada um dos resistentes, sem respeitar os obscuros óculos. Caíam de boca no solo. Ninguém aprende como se morre, a não ser morrendo. E cadáveres juncavam o assoalho, alguns com a cara para baixo, já confrontando o grande e penoso fim. No avanço, o Moinho ficou rasgado num dos costados e de pé dominava os inimigos. Depois demoliu o círculo de ouro, pois só havia um círculo sagrado, o que girava de palavra, com a mão viva no solo.

Depois me dei conta. Seu Chefe chamava-se Alarico Montanhol (soube mais tarde sobre o seu esponjoso nome). Fugiu e para o lugar mais inditoso, um porão. Ali se quedou sem água ou alimento por três dias. E foi achado com opulentos óculos e a indumentária negra. Viu-se preso e atirado na prisão de Riopampa, entre ratos. E não teriam o engodo de não o conhecerem. Ninguém mente, se já morreu. E como Alarico mudara de alma, perdera a condição de homem, e rato ficaria, se outros ratos o deixassem. E no dizer do poeta Cummings: "Vi árvores (em cujos negros corpos escondem folhas)". E não me importava quanto a luz mata; carecia é de luz. Não havia folhas no infortúnio. E os estorninhos ficavam para trás e esvoaçavam. E quem vai, vai. Não se sabia onde se meteram e acompanhavam o rio Tonho (ou Sonho), como se fossem cães seguindo o dono. E coube a mim escrever a história dos acontecidos. E o que houver para saber, de mim todos saberão. Cada dia é ganho e vidas começavam tantas vezes tarde demais. E era subido o céu e os estorninhos criavam, de voar, uma nuvem de tempestade.

E não adianta empurrar as palavras como Sísifo, por caírem sobre ele. Em desaviso. Vamos, sim, que as palavras nos empurrem.

O melhor homem não sabe provar que é bom. Nem necessita, por não mudar sua forma de existir para agradar ou não. Ou talvez qualquer outro século seja mais entendido do que este, seja por estúpido, ou funesto. E o mais revolucionário é o gesto de bondade, que é impossibilitado a emergir nos confrontos.

Entre mortos e esquecimentos, o vetusto Moinho permaneceu de pé, lutou e se defrontou com o inimigo. O último baluarte de uma época. Não ocorrendo herói, sem possível plateia. Sendo a plateia, por sua vez, que inventa o herói.

Não compete aos historiadores o relato das minúcias. Nem sei se o inimigo Alarico, chefe dos intrusos foi aceito pelos ratos, tão rebeldes e com brio singular.

Deixamos a Deus essas fronteiras, fiquemos com o campo que nos foi concedido. Porque o mal é dos corpos, se a alma guarda seus aromas, E cuidemos mais dos vivos que dos mortos.

Mas era sibilante a decadência de Riopampa, sem lembrança dos dias gloriosos. E há que esquecer os dias ferozes, com o peso terrestre de sobreviver. Mas toda a história é contemporânea.

Só chegaremos às grandes coisas se descobrirmos as pequenas.

E leva tempo ser um homem, como leva tempo não entender as palavras apenas, mas que as palavras nos entendam. Leva tempo dar sentido à terra, quando parece desvencilhar-se de si mesma, ou esconder-se entre as heras. Leva tempo que cada um seja de sua espécie e seja único. Leva tempo para ter certeza de uma coisa e carregar essa certeza, dizendo, pensando, sentindo. Sabendo o que queremos dizer. Escrevo contra a morte, até que ela tente escrever contra mim, mas não tem palavra. É como um revólver sem bala. E eu resisto. Resisto. Nem se pode falar em casualidade que não tem sentido algum entre os seres, ainda que os fatos não sejam cegos; cegos são os sonhos. E se me vem certa segurança, é como posso sair do caos e reorganizar o universo. E leva tempo para conseguir ser um homem. E um homem para chegar a ser tempo.

# Capítulo quinto

## 1.

O velho Moinho de Riopampa tornou-se objeto da visitação pública, obedecendo-se à gala de humildade da sua linhagem, que tanto serviu ao povo e à cidade, merecedor, portanto, de glória. Ficou por um tempo ao lado da Prefeitura, e vários moradores cortejaram aquele instrumento de produção, depois moradia e agora de batalha contra os intrusos. Pois aquele Moinho já entrara no crédito dos historiadores, ao dizerem a sua verdade, pareça ou não pareça. E com que honraria, respeito, passaram ali várias gerações. Porque a glória – não se enganem –, leitores, tem idade avançada.

O próximo passo foi a aceitação geral do Moinho, que trazia cavalo e homem e um zoar invisível de almas, para ser governante de Riopampa. Como governo não precisava existir, e mais dano traz, do que progresso, não insisti diante do povo que tinha a crença de que o acaso podia superar a omissão do tempo. E o Moinho jamais se omitira de tempo; era o próprio, com o tirocínio de homem e o vigor de cavalo, onde havia – repito – convivência excelsa de almas, podendo assim adivinhar a realidade dos moradores e melhorá-la. Por ter precioso depósito de confiança, essa matéria tão rara, tão pouco atinada aos governos.

O que se cria, se alarga. E o Moinho passou a governar com a produção de vento e cereais, no vingar da natureza, que tinha serventia junto às plantas, frutas e gado.

E diga-se com verdade que Riopampa conheceu um florescer que não conhecia há muito, desde os eminentes líderes que a dirigiram. Porque não é a razão que amadurece; é o inventar de amor.

Mas havia um hiato nos subterrâneos, certa hostilidade dos ratos, que não deixavam de se reproduzir. Quando a notícia chegou ao conhecimento dos governantes, tomaram medidas que foram insuficientes, não prevendo o perigoso inimigo que se plasmava nas entranhas.

O mundo é o avesso. Ainda não estamos no paraíso com sua flor intraduzível na mão. E a polícia prosseguia buscando provas e fatos sobre o morticínio de Florina, já que nem falavam seus ossos na inerme cortesia da tumba. Talvez o segredo estivesse com Alarico, agora impossível, transformado funestamente num rato.

E o tal crime ficou, entre outros, sem solução. Só a morte sabe: no túmulo, agora, nem ela.

O mundo é o avesso. E o absurdo nos apronta usando nossas próprias palavras, ainda que elas não se voltem contra nós. O mistério se aleita nos processos e nas tumbas.

O homem que depois soube chamar-se Giuseppe: de altura mediana, tez indiática, de poucas palavras e muito diligência entre papéis e contas, representava na administração da cidade, o Moinho. Sem esquecer o cavalo, que era enérgico, atrevido, tomando o nome de Risério. Quando os dois andavam na rua, chamavam atenção pelo contraste. Ou Giuseppe montava nele, a trote curto, ou ambos iam lado a lado. Mas que ninguém se engane, um era o prolongamento do outro pelo temperamento e por uma unidade indissolúvel de pensamento. A ponto de as características do cavalo passarem para Giuseppe e as do homem passassem para o cavalo. O que significa, ao se completarem – o que ocorre, de certa maneira, no pampa, quando cavalo e cavaleiro se unem no galope, não se distinguindo um de outro.

Acompanhavam assim todo o movimento da cidade, o interior ou as fábricas em estado incipiente, mas com lucros que endinheiravam alguns e a dureza dos que os serviam, com o velho axioma entre capital e mão de obra. E fiscalizavam os abusos. Mas lhes dava alegria ver como a cidade conhecia a fartura; a fome desaparecera. Ou melhor, a face oculta da fome, porque a fome vem, vem e é insanável.

Giuseppe e o cavalo tinham um idioma comum entre eles – mais de gestos do que de fala. E se entendiam. Mas começou certa ruptura quando o homem falava e o cavalo não ouvia, ou fazia que não ouvia. E deu-se também o inverso. Resolveram os dois entrar em acordo por causa dessa perniciosa incomunicabilidade.

Essa unidade entre homem e animal vem desde a antiguidade, quando se relata que Pitágoras falou com um cão. Na afinidade mental, a afinidade da fala.

León Bloy afirmava que "nenhum homem sabe quem é" e que a vida é um mecanismo de propósitos infinitos. O mesmo sucede com o cavalo, que também não sabe quem é. E isso fazia com que ambos agissem cuidadosos um com o outro. Tal se com vara curta e sonâmbulos caminhassem num fio. E se a fala falhasse, restavam os gestos. O que dava certa segurança a essa dupla na regência da cidade. Mesmo na estranheza ou perplexidade. Pois, leitores, como Cervantes acreditava no *Quixote*, este autor acredita neles. Até não poder mais acreditar. Além disso, afirma Borges que "a vida dos animais é uma vida em latitude. A vida dos homens é uma vida em profundidade." Ora, nalgum ponto aqueles seres criados se unem. Ademais, os homens como os animais possuem sonhos; há, no caso, quem sabe o sortilégio de o homem entrar no sonho do animal, e o animal, no sonho do homem, como uma segunda natureza não prevista nos compêndios e tratados. Presos ambos no intervalo do tempo, que é o espaço. O sonho sugere, o que a felicidade desvenda.

**2.**

Depois de um ano, comemorando a vitória do povo contra os intrusos, na praça central, as pessoas se aglomeraram. Havia uma banda de violinistas e vários saltimbancos fazendo piruetas.

A mim cabe escrever e, no que escrevi, pode ocorrer algum deslizar da pena, que nada mais é do que argúcia do estilo. Acerta-se, errando. Ou pode-se na escrita alvejar um alvo até mais difícil, apontando em outro. Criar adiciona alma.

E o povo não precisa imaginar, desde que alguém imagine por ele. Ou tenha este louco desespero de deixá-lo imaginando-se feliz. Como se uma máquina se desencadeasse ao ser posta na tomada. O mais fazia sozinha. Porque ser ditoso é um mecanismo da consciência que trabalha a todo vapor, depois de desfechado. E ninguém se dá conta de que é flutuar num rio com águas ondulantes, ou sentar sob a árvore e comer maçãs. Cada maçã é a felicidade, ou apenas o degustar do fruto até o assomo mais apetecível.

### 3.

Com uma alegria que se inseria nas árvores, plantas, Giuseppe e, ao lado, Risério, o cavalo, assistiam à solenidade, comemorando a vitória contra os intrusos-invasores, quando o homem, um dos regentes, resolveu tomar a palavra, com voz grave:

— Meu povo, com o auxílio do antigo Moinho, conseguimos, nós e os companheiros, desmontar a invasão insidiosa contra Riopampa. Muitos tombaram na toca inimiga. E raro momento ocorreu: o Moinho saiu de sua aparente inércia e andou, esmagando os intrusos. E devemos tal fato também à coragem do cavalo Risério. O que é do povo, volta ao povo.

Giuseppe não apreciava discursar. Falava por necessidade. Com os aplausos, o cavalo estendeu as patas ao alto, corcoveando. Como se num relincho bradasse: — O mundo é sem porteira! E veio a noite e a roda do povo é a roda da aurora.

### 4.

Acolhi os dois — homem e cavalo — na minha casa junto à montanha. Comiam pouco. E cuidava que nada lhes faltasse, pois não queriam cobrar nada da República. E o exagero era do cavalo, quando contemplava um trigal. Não poupava as espigas. Tinha duas peças: o cavalo deitava no chão de pedra de uma delas e o homem dormia sobre o catre. O mundo é ao reverso. E pareciam ambos levar almas. Ninguém via.

## 5.

Sim, o mundo espia o mundo. Espiar era a janela da infância. E sabia quando a floresta também me espiava. Porque não havia floresta suficiente no céu, para o espanto do menino. Nem riacho de pássaros bastava para a fantasia. Espiava tal se estivesse em nuvens. Daí minha amizade com elas. Espiava a escada de andorinhas. E espiava quando a infância era a pedra grande do paraíso. Escrever é espiar. Mas a fundo. De alma toda.

## 6.

Quando a dor atinge o fundo não se arranca nada. Porque o fundo não se arranca do fundo, nem a dor se arranca da dor. Isso pensava Jonadabe, ferroviário, depois que seu primogênito Olavo, de 20 anos, ficou vítima de câncer. Viu-o emagrecer de morte e emagrecer de sombra. Estava sendo roído por dentro. E a medicina não avançara muito. Jonadabe – repito – sabia, como a dor não se arranca no fundo. Se ela tem fundo, o que não foi devidamente esclarecido. Chamado por ter a palavra, a Morte aparecia sem piedade com sua dor manteúda. Fiquei desolado com o avanço da enfermidade. Coloquei nele a palavra e esperei. A palavra também precisava amadurecer para criar semente de cura. E amadureceu, até entrar nas raízes. Durava no interior do organismo ferido. Após alguns dias, Olavo começou a ter outra cor e não via a Morte que se assustou. Numa manhã estava outro. Sorria de vida. E me afastei alegre, ciente de que a idade não dá paciência, tira a paciência.

# 7.

O mundo é o avesso. E ainda não estamos no paraíso com sua flor intraduzível na mão. Mas a polícia persistia buscando provas da autoria no assassinato de Florina. E os crimes se afundam nos autos dos inquéritos, como a existência humana em sua constante peregrinação.

O mundo é o avesso. E o absurdo nos afronta usando nossas próprias palavras, mesmo que elas não se voltem contra nós.

Numa manhã o povo viu pousar uma águia na cabeça do Moinho e ali ficou impassível. E me recordei de Goethe: "A águia faz o ar". E o ar faz a águia.

E olhava lá embaixo, com certa incredulidade, gatos e baratas se distraírem num jogo voluptuoso. A águia se alojou, vitalícia, na cabeça do Moinho, tal se estivesse no cimo da montanha. E não se arredava dali com a fidelidade de cachorra ao dono.

E o mundo ainda não descobriu a tal beatitude das coisas se mesclando sem precisão de autor. Ponho para fora o instante. Quero o eterno, e o que não é eterno não é meu. Caí na graça da língua.

Demócrito observa que "a verdade nasce das profundezas". Raabi conta que um dos discípulos queria saber onde nasce a verdade. E a resposta foi: — Ela nasce do chão. E da força do chão, do vento, da água e do fogo brotava o progresso do povo. Lutava com a natureza, ombro a ombro. Não ficava um poço por se erguer. Porque o Moinho que governava Riopampa conhecia as unhas duras do grão.

E eu trazia vogais na mão, escrevia porque era preciso contar, o que só eu poderia. E contar é atropelar relâmpagos. Por mais que trovejem os ditongos do amanhecer. Porque a história já começou, e não começa sozinha. E as palavras são árvores e as árvores, palavras. Mas a história caminha com pés de leopardo. Dorme nos pés do alfabeto. Ou a história é igual à lagarta. Às vezes prefere urtigas. E nem assim se desvenda a verdade do mundo. Porque nem ela se conhece a si mesma. E disfarça.

# Capítulo sexto

**1.**

Dizia o romano Paládio "que a necessidade não tem descanso". E que descanso tem a cobiça? Os rinocerontes, um com cara de mulher e outro de homem, conseguiram, no descuido dos sentinelas, avançar em boa parte do tesouro do Erário com tamanha fome e avidez jamais vistas. Consta que seguravam sacos pelos dentes. De tal forma se ocultaram na floresta que nem a polícia, nem treinados caçadores os encontraram.

Foi quando surgiu João Mudo, com reputação e excelência no exercício difícil dos números. Nasceu com a língua presa – o que no início o angustiou, depois o fez manipular na lucidez os demais sentidos. Como a vista, do que nada se ocultava. Possuía mundo próprio, cioso. Seu labirinto, a voz, onde não achava saída. O hábito de apertar os dentes. Cabelo preto, bochechas rubras, fronte lisa, alto, corpulento e óculos bifocais. Tinha a mania de escrever bilhetes, quando precisava se manifestar, em qualquer espécie, criando milhares, todos manuscritos. Talvez objeto de futura pesquisa. Era conhecido e se passava na rua, alguns garotos apupavam até pararem na sua eminente sisudez. Perito em números e finanças, desde cedo, que desenvolveu com obstinação na Universidade. É sabido que João Mudo usava a tesoura em corte de despesas e copioso era na inserção de impostos na república.

Depois do rombo do Erário e o saquear do tesouro, Giuseppe e Rosério, o cavalo, não possuíam outra escolha senão a de João Mudo para administrador-mor. O homem certo na hora incerta. E os dois continuaram regendo Riopampa por imposição do povo.

João Mudo não alcançava escapar do labirinto da língua, mas era sábio no labirinto dos cálculos. Tinha olhos por dentro, o que lhe minguava a voz. E ainda sabia resguardar a própria escuridão. Onde Giuseppe e Risério iam, ia ele com o intuito de ajudá-los com a sincronia de uma viola na caixa.

Em determinado momento, no trabalho imperioso de ajuste, num bilhete escreveu o versículo bíblico: "Se a cobra morder antes de encantada, não há proveito para o encantador". O rombo no Erário era a cobra, e ele o mudo encantador.

## 2.

O poeta Victor Hugo afirmava que "os maus têm uma felicidade negra". Acho que nem sequer possuem felicidade.

E refiro a propósito de um profeta, descendente de Horebe, Azarias, que tinha sopro de morte na boca. Desde menino vaticinava com tal acerto que as coisas preditas aconteciam, o que é a marca do profeta. Não gastava palavras por saber o seu alcance, joias que ficavam na casa de penhores.

Cabeça com formato de casca de árvore (talvez da árvore da vida), olhos grandes e amendoados, lábios avultados, como escondendo a erupção de algum vulcão, e voz reboante.

Morava num recanto de Riopampa que fora bosque e agora era deserto, por malfeito do clima, junto à cova de uma rocha como os antigos eremitas, classe aliás em extinção no mundo. Alimentava-se de peixes, galinholas, mel, frutos e raízes. Era utilizado como sinal de Deus na justiça. Soprava morte contra os usurpadores do próximo. E a tal de Ordenadora não demorava. Seguia à risca sua ordem. Era muito temido e pouco amado, como sucede com os verdadeiros profetas. Consta até que os dois mencionados rinocerontes, roubadores do Erário, guardavam o maior temor de serem por ele encontrados. Porque das leis fugiam. E elas são tanto mais numerosas quanto mais corrupto é o Estado. E sabiam como palmilhar essas teias de aranha. Mas nunca descobrirão as teias de Deus. E o que ignoravam: Azarias já soprara sobre eles; era coisa de dias o cumprimento da execução. Talvez de horas.

### 3.

Muitas são as verdades do mundo e nenhuma coincide com as de Deus. Igual ao tempo para Agostinho: "Se ninguém me perguntar, eu sei; se quiser explicar a quem perguntou, não sei". Ou talvez saiba de tanto não saber.

E o profetizado se deu. A carga do sopro de morte de Azarias não esperou horas para cumprir-se. Foram os dois rinocerontes, o de cara de mulher e o de cara de homem, descobertos numa vereda da floresta, abraçados, com forma estranha, como se tentassem devorar-se mutuamente. E uma das garras ficou suspensa no ar. O tesouro roubado parte teria sido levado a um banco de Assombro e parte foi enterrado em banda obscura da selva. Quem sabe esperavam que a terra lhes pagasse juros ou *commodities*. Azarias, quando soube, calou. Porque a morte já falara demasiadamente; agora há que sepultá-los com a fala da relva em cima.

## 4.

Então indaguei, em face dos aconteceres, qual a verdade do mundo de Zé das Fechaduras, por exemplo, que, desde guri, com seu pai, tratou de chaves, seja consertando-as, seja criando-as com mão polida no ofício? Ao perder a mãe, viu-se encarcerado e sem fechadura na alma para vistoriar. Casou com Jovina, que lhe deu herdeiro e nem no amor luziu a fechadura. Um dia desapareceu pela floresta de Riopampa e ninguém mais o achou. Que verdade buscava ele? Talvez a tenha encontrado no fundo da cova, com sua fechadura de ervas. Ou descobriu que o que é de baixo é de cima.

## 5.

Recordei João da Corda, que tinha música nos dedos. Mas a música é madrasta. Tocava como se caísse luz. Mas não explicava como se dava tal fato. Precisava? Por ter luz em si já era bem-aventurado. Mas ao possuir luz, buscava um som mais puro, sem forma alguma, som limpo – porque a luz ficou sendo escória. E ao tocar música sentia-se comendo a maçã no paraíso. E perguntava por que até o que é divino, doía. Solteiro, pobre, um dia João se finou – não com a corda da viola, mas com a corda da forca, em casa, desde o teto balançando, por haver cansado de tanta luz.

## 6.

Escrevo fatos e não sou escriba de nada, nem de mim mesmo. Se num instante for, descobrirei por que os acontecidos se repetem, quando se espera que sejam novos e como são novos, quando nós os aguardamos velhos. E escrever é como diz o historiador romano Suetônio: "buscar vitória quando os retornos são ínfimos e os custos, altos, era como pescar com um gancho de ouro: nada que se pode pegar pode ser comparado com o que está sendo perdido". Mas não me enganava: a consciência era lâmpada na mão permanentemente acesa.

Havia um rabino que se declarava vidente. Nunca se desvendou até que ponto. Porque o sobrenatural impõe limites, ou é a nossa cegueira que nele via. E tal rabino, Eliseu, foi à casa do padeiro. Madrugando, não queria acordar ninguém: Beri se achava diante do forno e seu rosto, ao vê-lo, se enegreceu. O rabino disse: – Ah, se eu pudesse ganhar o sustento fazendo pão aos semelhantes? O que fez o padeiro sorrir, por detestar seu ofício.

Outra vez a carruagem ao subir uma lomba parou: o burro empacara com insolência. Então o rabino chicoteou o animal, depois se compadeceu dele. E falou para o burro:
– Compreendes o que estás fazendo, impedindo-me o caminho? E eis que no lugar do animal apareceu um homem, pois mudara de natureza, mas não de alma. E respondeu:
– Estava exausto, mas sua compaixão me tocou. E passou a puxar a carruagem como homem robusto que era, e todos se surpreenderam.

Contam que o tal rabino sonhara que teria que buscar um timbre de fogo e não entendeu. Timbre na voz e não de fogo na palavra. E o que lhe sucedeu foi não achar timbre algum. Viu a morte. Talvez esse era seu timbre, que lhe abria uma gruta escura onde entrava. Morreu de morrer, e bastava.

## 7.

Adverte o autor dos *Epigramas*, Marcial: "Se és pobre, Emília, /tudo te rui:/ a moeda se vai e sabes/ que é o que te possui".

Na aldeia de Albion conheci uma Emília, costureira. Trabalhava para fora e vivia modestamente. E Marcial, absorvido na velha Roma, não a conheceu. Mas Emília não precisava conhecê-lo para existir. O que ganhava lhe servia ao parco sustento. E não quis por muito tempo manter-se costureira e pobre. Transformou-se numa coruja e voou para a azinheira próxima, com dois olhos girassóis abertos de cada lado. E se mostrou mais feliz do que era antes. Felicidade que o rabugento poeta Marcial jamais compreenderia. E ninguém viu Emília mais. Soube-se que cerzia as folhas de algumas árvores, as mais necessitadas. E se especializou nisso. Não havia árvore que a não quisesse acolher.

# Capítulo sétimo

**1.**

"O gênio é fidalgo" – assegurava Honoré de Balzac, e João Mudo tinha algo de gênio e era fidalgo no trato, sem a sobranceria de alguns, ao se acharem superiores a outros, mas sua matéria, a econômica, era belicosa e feria um dos setores íntimos do homem, o bolso. Por mais que fosse gentil, cuidava de cortes e de impostos e se tornava antipático ao povo. O que se abrandou no correr das marés. E chegou a ser cumprimentado nas ruas pelo trabalho.

Sua mudez era providencial, porque ao menos não caía nos excessos, e o mistério faz bem à economia e ao arrolar dos números.

Alcançou superar as deficiências, trouxe segurança a Riopampa. Foi perdendo a sisudez para o sorriso. E sintomático foi o encontro entre João Mudo e o profeta Azarias. Duas naturezas opostas que se equilibraram no abraço. Aquele gozava da admiração desse, pela integridade e amor à terra. Por sua vez, João conhecia o poder de Deus na existência do profeta e sua busca de justiça. O que os afastava, os unia. Por se arredarem dos planos quotidianos. Havia um sorriso fraterno no rosto de ambos; era mais eloquente do que a fala. E o gênio é tão visível aos homens quanto a santidade.

## 2.

– Não há riqueza que dure! – murmurava Luciano Álcio. Safara-se de um casamento proceloso e infeliz. O que é mais do que guerra, é desastre e calamidade. Porque sofrer o redobrado ódio da mulher deixada não tem par no universo: foi sua sina. Tinha dois filhos e cobrou a dita falha do pai nos dois filhos. Além da gorda pensão, quadros, livros não devolvidos e alguns exemplares raros. Advogado brilhante, assumiu um novo amor sem olhar para trás. E a sorte lhe foi benigna. Com o adendo virtuoso de a nova consorte ter bens que se perdiam de vista. Preferiu logo depois da anterior separação, ser cavalo de carga e agora, ditoso, retornou à condição de homem, granjeando amigos, viagens e alegrias de bem-amado. O que não conheceu antes. E retornou, por nunca ter mudado de alma. Que não vivia sem ele. E o óbolo a pagar é o que todos pagam a Caronte.

## 3.

O filósofo Plotino afirmou, de pés juntos, já que divide a glória e o tal lugar sombrio, destinado a todos, que "um corpo ao penetrar noutro, o divide" e acrescenta que "qualidades atravessam os corpos sem os cortar, por incorpóreas".

Mas confesso, leitores, que ao amar Alina, de olhos claros e corpo mais claro ainda e o eixo no limo das pernas, prazeroso, senti ao vivo a teoria de Plotino. Eu a vi perto do Moinho, com vestido de cores levantinas, chamando-me a atenção o pescoço torneado e grácil. Foi logo o tato e o amor nas noites rubras e brancas, em minha casa junto ao monte e o riacho. Era uma cama alada. Nos ajuntamos de alma posta e nossos corpos se dividem cada vez; casamos de sonhos e somos peixes primeiros a conhecer a água. Os corpos se dividem, e as almas não. O que nem Plotino percebeu, quando creio que nem a pequenez, nem a grandeza reduzem a visão das coisas. Quando os que se amam é que são as coisas. Só no amor a matéria é eterna. Azarias, o profeta, nos casou diante de Deus, e casaremos com as manhãs de orvalho, ou a lua, ou no voo chamejante das aves, ou com o flanco das árvores, ou cada vez cúmplices de haver luz. E não quero nunca a dor de te perder, ouro de chama; estou sempre te achando no vagar. E a paz que me sacia vem contigo, ou chorar de alegria: o paraíso. Chora de amor o dia. E se o acaso cria o romancista – para Balzac, o amor não tem acaso. O que nele vem, está previsto, porque amor não precisa inventar nada.

## 4.

O transitar do industrioso governo de Giuseppe, Risério e o plantel de almas, com o astuto João Mudo nas finanças, tinha diante de si a velhice do Moinho, e a velhice é punição aos vivos, começando por enferrujar as pás e iniciando penoso apodrecimento, num processo que parecia arrastar o coração nas pedras, arrastar a penúria pelas alas, com o arcabouço de madeira caindo, caindo junto à escada, emperrando a roda – É a do destino! – observava Alaíde, militar aposentado, de cerrada barba, de pequena estatura, tendo contornos de barril.

Tudo isso demonstrava estar o Moinho em artigo de morte, como todas as criaturas que habitam este caviloso Planeta. Tal agonia, a devoração do peito, este estertor final foi sentido pela comunidade que o amava. E já principiaram a ver o vulto da Morte rondando, suas pernas tortas de nascença, espreitando aquela carnal madeira de moer o trigo, espreitando e buscando morder, sim, morder igual à serpente a vítima.

E a Morte tomava todos os lados, tomou a sombra, tomou os contornos com avidez, tomou a roda e os dentes, tomou a fachada, a porta. E o Moinho se despetalava ao seu sopro num gemido tão forte que Riopampa escutou, até no monte. Tombando mordido o vetusto Moinho, tombando de cabeça para baixo, de funda cabeça na Morte, sem poder mais levantar-se. E o Vento rugiu com violência, rugiu querendo tapar o sol. E o sol buscando tapar na luz a terra. E ouviu-se: – Eu sou o eterno! – saindo do ermo da escuridão. E ainda se escutou o alarido da águia que avoara do alto da cabeça, esvoaçante.

Ele se finava, mesmo que não se adaptasse à ociosidade da Morte. E era eterno.

# Capítulo oitavo

### 1.

Com o perecimento do valente Moinho, dele se arredaram o homem, o cavalo, a fumaça de almas e João Mudo, que em nome deles administrava a cidade.

E Riopampa, por altos serviços, achou por bem de cavar um túmulo à altura do Moinho, com muitas pás, picaretas e operários. Era o desígnio do povo.

Se "o principiar das coisas é tê-las meio-acabadas" – para Cervantes de Saavedra, não deixava de começar a eternidade do Moinho.

E o buraco foi sendo aberto para contê-lo (se o pudesse), entre terra e pedras. Era um buraco que parecia cavado no céu.

E os que participavam deste cavar insone, todos se animaram na empreitada.

Sou o menos dotado no esforço físico. Ser desproporcional: cabeça grande um tanto abusiva e o corpo não afeito a exercício e demasiado vigor, mas ajudei, sim, no coletivo ato de cavar.

Segundo Dioges, amigo da biblioteca como eu, com faminta busca, eu corria o risco de meu corpo morrer antes da cabeça. Mas já viram uma cabeça funcionando sem o corpo? Apesar dos meus ditos limites, sou, por Alina, de ilimitado amor.

E conto: o buraco imenso foi aberto, em dias seguidos da manhã e da noite. Quem comandava tudo era Giuseppe e Risério, o cavalo e o bojo cavernoso de almas. E lembrando o *Quixote*, com a notícia que correu de haver sido achada a ossada de Cervantes na cripta do Convento de las Trinitas Descalzas, uma multidão respeitosa empurrou os restos do Moinho, que, num estrondo, caiu ao fundo, retumbante. E o buraco era como um azul entreaberto, para os largos fojos e arsenais da manhã.

Com a gravidade do ato, ali puseram flores brancas e um brasão antigo de cavaleiro andante, que o ferreiro, meu pai, guardara.

Depois do zoar de almas que se libertavam, como se saltassem de uma caixa, começaram os operários e a roda do povo a colocar terra em cima. E de muita terra precisavam e pesado desgosto. Porque ali era encoberto um período glorioso de Riopampa.

Quando a terra envolveu tudo, como o céu sobre a relva, foi posta a epígrafe: *Aqui jaz o heroico Moinho, com amor que caprichava não buscar qualidades, mas sim formosura.* Esses últimos, dizeres do *D. Quixote*.

E Giuseppe fez breve discurso, com voz desalentada: "O que enterramos, hoje, não é apenas um Moinho, como nenhum outro, bravo, participante da existência de seu povo. O que fez não foi pouco: extinguiu o sopro que lhe restava a favor desta terra, num auge de patriotismo e amor. E foi junto um tempo que a história não esquecerá. (Advindo-lhe repentina veia poética). Do firmamento de sua grandeza, poderá brotar um filhote de constelação. Foi seguido de aplausos ressoantes no vento que, bem rente, transitava.

Outras verdades podiam ser pronunciadas, mas é melhor que durmam nas suas pás desfiadas. E todos morrem de si mesmos. Até o moinho.

Mas comigo andava Alina. Não falei nada, deixei o silêncio habilitar-se ao ar, que estava frio e ao céu, que baixara à terra.

Que céu há de consolar este castigo da esperança?

## 2.

Vi em torno as aves voando, as roseiras se abrindo e as árvores que cresciam, como se nada mais houvesse, salvo o fato de crescerem. Era como pegar a laranja no pé, arredondada, sem que possa cair. Porque a vida que gera, é a mesma que engole.

E escrevo sem declarar amor às árvores, ainda que insistam em crescer em mim. Sou semente que erra sozinha na luz. Mas não entendo que parte da semente nasce primeiro e que parte brota depois.

O meu elo é o da unidade. Apesar de sempre atento, cuido na noite da pálpebra que fecha. Mais do que a que se abre. O mistério é o escondido sob a pálpebra. E não sou tirado dele, como se tivesse pacto comigo. O que vive é sonâmbulo. E a dor é a de não sorver o mundo.

O que vivo desampara o que não é vivo.

# 3.

Conto um caso, o de Euro, o carpinteiro exímio, rico de herança. Lenhoso no corpo, rude, cultivava em horas calmas, numa fazenda, cavalos de raça e um pequeno estoque de cavalos árabes. Isso o orgulhava e lhe concedia tenra soberba.
 Quem visse os corcéis, percebia que os cavalos o apreciavam, indicando ser da espécie deles. Um chegou a lamber-lhe a testa. Em demonstração de afeto.
 Não queria filhos, talvez como Machado de Assis e Borges, para não legar-lhes esta herança de morte. Nem usava bancos, achando-os inúteis. Enterrava seu dinheiro em caixa, sob duas árvores preferidas – uma figueira e o cinamomo. Depois passou a enterrar livros, dizendo que era preciso letrar a terra, mas isso, segundo alguns, já era cultivo da loucura.
 E numa tarde sombria, foi visto transformar-se em cavalo. Estava feliz, consoante os informes com sua espécie. Alguém o viu como cavalo, com um livro, entre as patas, lendo. Só lhe faltavam lentes, por ser conhecida sua miopia. Mas não seriam jamais míopes os olhos de um cavalo. Talvez tenha sido sua preciosa vantagem. Ou talvez futuramente reste a hipótese de os homens não mais procurarem os livros, seja nas livrarias, seja nas bibliotecas. Ficando os cavalos, insaciáveis leitores, procurando nos vários volumes a sabedoria, que se esquiva dos homens. E esses agem cada vez mais, onde lhe apertam os sapatos, entre os pés da pobreza ou do zelo. Ao abandonarem os livros, cometem a estupidez de se abandonarem a si mesmos.

## 4.

Riopampa continuou no bom sucesso da regência do homem e do cavalo; um se prolongava no outro, como se imbricados no mesmo instinto de poder. E é sabido que esse vincula os seus, sendo cabeça de um e patas de outro. Nem a avareza, o medo, o terror os apartava, semelhantes a seres de variada natureza. O homem – Giuseppe – sabia mandar e Risério, o cavalo no homem mantinha o rigor da lei. Pois dizia Cervantes que "as verdades sobre nós mesmos não nos podem enganar". Mas, respeitando o Manchego, há verdades sobre nós que podem enganar. Aliás, tudo entra no elenco do enganável. Nem o amor, Alina, nos concede sem dor seus prazeres. O que sucede é que o prazer se esmera em desprezar a dor.

Sendo a potência da alma, a mais alta, como o amor, somos seres inacabados. E, Alina, faço o céu em teu corpo.

## 5.

– O amor faz florescer as árvores – Alina me disse e eu creio que o amor é milagre e muda a rota dos cometas.
– E há modelo de pintar o amor?
– Não há modelo algum. Donde se tiraria o modelo?
– Indaguei.
– Inventamos o nosso – ela insistiu. Quando a alma se faz corpo não existem limites.
– Sim – observei. Limita onde a alma não vai, porque é ilimitada.
– E se amo, sou só alma!

— Amor não tem morte — eu disse. Amor tem metamorfose. E bate no correr o vento.
— Só onde há alma — Alina me apertava entre os alvos braços, e eu emergia dela, como do mar.
— E falas de não me ver. Por me ocultar em ti.
— Mas são as palavras que criam o amor — Alina falou.
— Não se lê no pranto, mas no beijo.
E éramos riachos rolando em vasos de eternidade. Porque aprendi a educação de amor. E o que vai em mim, é teu.
— E somos coisas limpas, leves, na luz dos corpos.
— Crescemos num para o outro — juntos. Crescemos de não morrer.

### 6.

"É um prazer ser louco de propósito" — aventava o poeta Horácio. E louco sou de amor e escrevo isso, porque só de murmurar palavras, já as esposo de amor. E a sinceridade pode ser absoluta, ainda que nada mais o seja. Ou me tornei um louco ditoso, que ri de outros loucos. Sim, leitores, enlouqueci de ver. E não tenho que explicar o que escrevo. E nem me engasgo com a glória alheia, como se coubesse encerrar o que nenhum cristão teve a fúria de começar.

E a palavra tem reputação e eficiência, segundo o Delegado Joaquim Rosa. Ele desconfiava dos bandidos só de ver, ou pelo andar arrevesado, só pela fossa dos olhos. Quem o visse, tremia, talvez por alguma culpa avulsa, maior do que a memória. Faiscava de alegria ao apanhar um marginal. Tinha faro de cachorro perdigueiro. E o que é instinto não assusta. Os suspeitos detestavam sua máquina de ano-

tar declarações. Desembuchavam. E não cessava. Dizia: — Sou que nem bicicleta; ao parar, caio! E não caía. E eu soube que um dia apareceu na Delegacia transformado em chacal. Com roupas de praxe. Todos tremeram. Mas não atacou ninguém. E tanto cheirava a crime, que se exauriu de ser homem e de tolerar a espécie belicosa dos humanos. Preferiu ser chacal com nome tão ameno de Rosa, Delegado da selva com os afiadíssimos dentes. E como o Mal não tem testa e quem o procurou não achou, teve o chacal o pesadume de cruzar o rumo do profeta Azarias, ao dirigir-se para a sua cova na rocha. E ao avistá-lo, vociferou:
— Como não és homem, nem chacal, eu te assopro de morte!
E num instante a Morte o tomou, com febre. Finou-se ali.
Começou uma etapa, onde não haveria de terminar. E se os homens nunca são terminados, em que classe se catalogam os chacais? Azarias dormiu em sua cova da rocha, como se nada tivesse havido. Porque soprar é fácil, o ato de executar não era dele. E a língua não errou, nem o sopro.

## 7.

Antônio Alves Lilico, o cartorário da cidade, tinha o hábito de vestir-se a rigor, com gravata-borboleta e sisudo bigode. Num entardecer, começou a abrir buraco, a picareta, na rua de seu bairro e colocar terra e pedras dentro. Não contente, abriu outro buraco e o encheu de novo com pedras e terra. Quando se pensava que a cerimônia estranha se encerrava, outro buraco, agora solene, abriu noutro lugar, e Antonio, em vez de pedras e terra, penetrou ali dentro e disse: – É melhor morrer que viver! Depois confessou, atordoado: – Não aguento minha mulher. É melhor morrer, que matar! Considerado louco pelos vizinhos, foi dali retirado à força. Sujo, só a gravata-borboleta estava viva e lúcida nele. Querendo voar.

## 8.

Acordei com o ânimo de pôr *Deus* no dicionário. Clarice Lispector diz que o dicionário não o explica e é certo. Mas por que definir ou explicar Deus? Ele age, e pronto, mas não é possível justificar como age. O que importa é que age. E não precisa aparecer para existir. Opera e basta. Não carece de estar em dicionário humano. E que dicionário, salvo o das estrelas, o entenderia?

Sim, leitores, escrevo sem gaguez de alma. Porque se é gago de alma, não de língua. Tal gaguejo é vacilar do sonho, e se o sonho vacila é igual à água na água. A vida não gagueja, quem gagueja é a Morte. E gagueja quando morre de matar.

## 9.

Muito vi, leitores. E vi uma vaca no campo se afastando, depois o apito do trem, o apito e a vaca atingida nos trilhos e morta. Sem o discurso do verso das tortas patas, sem mais vida que expirar no mugido. Com a barriga que se abria, como se prenhe fosse e saía dali, com rosto rastreado de sangue, um homem. O que de ilusões se nutre, morre de sonho.

E houve o empenho, em Riopampa, de certo aproveitamento de cérebros, com a cláusula de não poderem ser explorados. Os mais inteligentes, os mais reputados e hábeis seriam utilizados, caso se sujeitassem a um espaço de pesquisa da Universidade. (Entre eles, foi convidado João Mudo a participar, e não quis por motivos ignorados).
Esses cérebros serviriam objetivos coletivos. Mas o trágico é que de repente cérebros excepcionais, com a ideia como matéria-prima, foram mesclados por cérebros imbecis e doidos, o que trouxe incredulidade nos seus efeitos. Isso inutilizou o que tendia a ser abrangente no intuito do bem comum. E escrevo atinado de que o genial também era atacado de idiotia. E o doido às vezes alcançava o nivelamento genial. Os atos que os distinguem, não as alucinações. O real sem o sonho morre de fome.

**10.**

Vi um homem sentado diante de um burrinho imóvel. E não havia senão silêncio entre eles. E o burro estava carregado de sentido. Para que servia isso, para nós, humanos? Mesmo que a visão do burro pudesse dar nova percepção do universo. Mas era a expressão do homem diante do animal. Quem sabe se um sorriso, ou gesto de compreensão mudasse tudo. Ou o homem não pode alcançar o animal, nem esse ao homem. Sendo "a mentira, sinal humano por excelência", como afirma Wells, os animais não têm gestos mentirosos.
E vi boquiaberto que o burro era o homem e o homem era o burro, sem precisar dizer palavra. Ou talvez a palavra

até os impedisse. E ninguém inventou nada; poderia? Escrevo porque as coisas todas já estão postas. Cabe ou não descobrir.

Mas o povo não ignorava essa economia do abismo, que não entra na mente dos sábios e é perceptível pelos simples. Porque as coisas mágicas, ou aparentemente inacreditáveis são simples. Deus é simples.

Às vezes sou como um bicho que, com as orelhas na erva, pressente o perigo.

Mas o sossego e a prosperidade de Riopampa tinham achegas de inveja. E o povo os contemplava com sorriso secreto.

O prédio que os tais intrusos ergueram foi remodelado e serviu para sede de administração secundária da cidade, com os serviçais usando igual indumentária.

E um caso. Álcio Morel, bêbado contumaz, no meio de uma trovoada que fez estragos no telhado de uma casa, deu exata e desaforada cuspida e viu cair fogo, com fumegante sorvo. E achou que era fósforo, e a bebida, incêndio. Mas não tirava lição de nada. Embebedado até as raízes na floresta, cambaleante, fez a prova dos noves e cuspiu copiosamente, e um raio o alcançou com labaredas. E lá se foi debaixo de uma moita acesa. Não se sabe quanto o raio gostava da mesma pinga. E Álcio morreu abraçado ao raio.

## 11.

Aldo Tronqueira foi afetado de cegueira e era trabalhador das minas de ouro, conhecido de alguns companheiros que ali batalharam. Apesar de cego, Aldo era dotado de tal ha-

bilidade nas bateias, como se olhos estivessem nas mãos. O metal em que tocava, era-lhe reconhecível. Mas essa estranha enfermidade se transmitiu a dois operários — Josué e Toledo —, os mais íntimos dele, ambos encorpados e soturnos. Aldo se arredou daquela tarefa para não prejudicar a outros e se arredou do convívio, vindo a morar numa cabana de folhas, junto à montanha. E foi pegando sua dor pela perna. E o que ainda restava de luz nele se apagou. Mas quando deu com outra mulher cega, que o procurou e não deu nome, ele indagou:
— De onde vens?
— Da escuridão — respondeu a mulher. E com as mãos tateou seu rosto, que tinha formosura.
— Podemos morar juntos — disse, e não tenho lar.
E Aldo aceitou ser a solidão mais compacta do que a ceguez.
Viveram juntos meses num eito fraterno, em que o remédio de um e outro era saber estar ali.
Numa manhã confiante, a cega se voltou e disse: — Eu sou a Morte. E o estreitou com tamanha força, que se viu mergulhado na mais espessa e muda escuridade. Meu pai ferreiro tinha razão: Os escuros não se atraem.
Antúrio — conto o que me contaram — era o macho por excelência, o reprodutor. Enxertava a raça humana de acréscimos em amásias, primas, esposa. O que tinha era o semblante de galã cinematográfico, com porte descomunal nos ombros e noutros calibres, com sedução contagiante. No seu pouso caíram Aurélia, Josefina, Marta e Doroteia, gorda e simpática, a esposa.
E vieram em roldão — meninos e meninas sem muxoxo. A femeza estava realizada. E ele visitava a todas cerimonio-

so. E sua alma dava piruetas por tal varonidade. Tinha prazer inebriante em ser o gerador bem-aventurado da espécie. Até que a amásia, num acesso de ciúmes, atacou com faca, a Artúrio, quando desprevenido, sentado na pedra de sua casa senhorial, onde morava com Doroteia. Nem teve tempo de dizer "ai". Caiu como um cavalo atingido na batalha. E o ventre regurgitava no fio afiado da faca. E tal faca, tão bem cerzida, era maior do que o mundo.

**12.**

"A história fala pouco de animais" – diz Elias Canetti – mas "na medida em que o conhecimento avança, os animais estarão cada vez mais perto dos homens. Quando tornarem a estar tão próximos como nos mitos mais antigos apenas se terá animais". Mas ladina, tortuosa é a sina. E a sina não tem imaginação alguma. E sem alma, não há memória, nem coincidência de sonho. Ou é cega de nascença e acha que vê tudo. E apenas tem Deus nos pormenores. Ou cuida das horas de descuido. Ou se enfurece com o desconhecido. E não se calibra com o impossível. E o que resta não é da árvore, é da semente. Ela que é o gramofone da espécie. Ou o gramofone que é o ninho das aves da espécie. E a semente não se volta contra a semente. A semente está dentro da flor, está dentro da árvore, está dentro da fala, está dentro de Deus. E a semente tem o enigma do universo: ninguém sabe quando brota. E a semente tateia o céu, porque Deus voa na semente.

# Capítulo nono

**1.**

Era um dia em que o céu parecia ter escadas de água, com goteira arquejante, e os que regiam Riopampa – homem e cavalo – aborreceram-se do poder. Não queriam deixar acéfala a cidade nem tinham como resolver o impasse, já que o poder pesa. E a roda do povo os cercou. O homem Giuseppe não quis mais persistir governando, ao exclamar: – A loucura toda se esgotou em mim com leis e decretos. Preciso sair agora, antes que seja doido de pedra levando-me nas costas! "O poder é composto de paciência e tempo" – escreveu Balzac. Ao homem faltava paciência e tempo. E o tempo duvida do que não sabe; do que sabe já perdeu a conta. E de paciência adoeceu. Com uma lágrima, Giuseppe se lembrou do Moinho e se anuviou. Vindo-me de Cervantes: "Lágrimas com pão, passageiras são".

O cavalo Rosério se conflitou com o homem. Queria impor seu vigor, e a serenidade era mais sábia. O ato de governar nunca está pronto como a história. E o cavalo desejava cavalgar livre pela floresta e o campo. Quem os substituiria? Apenas a figura de João Mudo. Que pediu de imediato a urgência das eleições.

No que estavam ligados cavalo e homem? Desataram-se como nós que giravam iguais às palavras e almas que, com

eles, se albergavam. Devendo saltar fora dos sonhos que os subjugaram.
Foram cavalo e homem para a Vila de Albion. Constando que o cavalo virou homem e o homem virou cavalo, mas a época é de tantas variações e circunstâncias, que nada sei.
João Mudo nomeou o cidadão mais respeitado – Erasmo do Rio (o segundo nome provinha do rio Tonho). E dele foi o conselho: – Faça as eleições, porque viver é interminável! E o sucessor na regência viria do voto.
E João Mudo, que no seu labirinto verbal era como um cachorro a quem tiraram as cordas vocais, impedindo de ladrar, recolheu-se ao povo, morando junto ao Marechal Mar, seu camarada, que se expressava por ele. Cada onda emanava das profundezas. E deixou na sala de governo um recado, em bilhete, com a sua letra de curvas: "Se o povo precisar ainda de mim, estarei de novo disposto a servi-lo". Não negava fogo sua garrucha. João tinha calo na língua, não na alma. E o calar demasiado engasga o espírito.
Mas o povo estava diante de uma decisão nas urnas. E o escolhido teria de ser quem soubesse pôr sensatez na loucura e certa loucura na sensatez. Confesso até que sofri a levedura de governar. Mas se governo, quem contará a história deste povo? A insistência me honra, mas tinha que dizer não. E que se afirme que os anteriores regentes, ao acalentar fantasia e realidade, tiveram boa paz, com o mundo mais atilado do que quando o acharam.
O que poucos sabiam: ratos se agregavam, com a cobiça de tomar clandestinamente a república. E qual o sentimento de ser rato? O mesmo de nazista, ou bárbaro. Tinham a suástica na barriga e o seu sinal nas orelhas. Havia o gordo

rato Göring e o magérrimo Goebbels, admitindo "a firmeza nas rédeas da disciplina interna do povo", o rato Himmler que desejava a coesão da ordem em culto à SS de outros da mesma espécie.

Ouvi tal acontecido de Naum, o barbeiro (novo Chaplin?), que escutou o alarido da ratazana, avocando uma assembleia que transbordou o porão de sua casa. Assistiu, estarrecido, oculto na escada. E havia um rato grande, com bigode e unhas armadas, que chefiava o Terceiro Reich. E ouviu o guinchar opressivo, onde se mesclou a frase: "Não podemos tolerar tanta insolência". Distinguiu-se um rato – Mussolini, de peito ostensivo e rabo mais longo, que imitava os gestos do chefe do bando. Muitos deles, homens degradados em ratos. Todos recrutados a destruir a sangue frio.

Todos sabiam que estava vaga a regência, e era o momento oportuno para o assalto. E pensei na lição de Wittgenstein: "Os aspectos das coisas que são as mais importantes para nós estão ocultos, em razão de sua simplicidade e porque são familiares". E muitas casas possuíam ratos no porão e eram considerados ratos familiares, exceto quando os queijos apareciam devorados, ou alguns objetos de uso particular. A trivialidade do horror era a marca daqueles roedores. E quando o horror se faz quotidiano, perdemos o equilíbrio. Ou é o equilíbrio que nos perde. E ratos são os raios negros, terrificantes. Preparavam-nos a simplicidade do grotesco, como se nada fosse assombroso pela inocência de o ser.

Kant falou na bestialidade do homem, mas escondeu a pior, a bestialidade dos ratos.

Tudo isso passava pela minha mente, tal um cinema mudo, onde Carlitos não gostaria de estar. E a fábula brota da deformação, e a deformação, da fábula.

Riopampa se aprestava para as eleições, evitando a alegoria. Mas parece que a história inventava o contrário, se minha previsão vier a cumprir-se, e torço que não se efetive.

Mas relato os acontecimentos, sabendo com Cervantes que "não há prego tão forte que possa parar a roda da fortuna". Porque nenhum prego antecede a roda. E a legalidade tem um automatismo inebriante, igual ao automatismo do mal.

E um livro de letras roídas, encadernado, foi achado na praça central da cidade, sobre um banco, como se apanhasse sol: o *Minha Luta*. Eu o achei e era o símbolo do que acontecia. Sem temer a história que, para Valéry, "não era mais a mesma". O primeiro movimento foi o de colocar solenemente aquele entrevado e aterrorizante volume no lixo, sem me dar conta de que a história mudava e depois se repetia, tal uma velhota que relata sempre a mesma coisa. O segundo movimento foi de o ler, para conhecê-lo e avisado, proteger-me. Não nos cabe abolir doutrinas, por mais funestas que sejam. Mas impedir que seu mal ou desatino perdurem no povo, ou em nós.

Escrevo, conto o que sucede e vivo, e a vida também me contempla. Com a certeza que o verso de Ovídio nos dá: "Uma gota fura uma pedra".

Um dia antes da eleição não entendi por que a manhã parara de beleza, nem entendi as falas que se alteavam nos restaurantes e nos bares. Como se algo fosse acontecendo antes de acontecer. Havia fonética nas árvores e aves mudas no ar. Com uma verdade que tinha inauditos sentidos.

Dei a mão a um cavalo que trotava e sorriu, e não era ele, mas um homem que sorria em seu focinho.

Escrevo sem pretender tirar uma vírgula ou til de alguém, ou do que sucedia. E escondia de todos, para proteger-me, a forma insanável em que me sinto vivo.
Consta que a pedra guarda esquecimento e gostaria neste transe de ter algo de pedra. Mas julgava como Heráclito que "não existe nada de permanente, salvo a mudança". E apesar de não ser bêbado, nem extasiado em vinhos, percebia claramente que o mundo estava girando. E por não parar, nada parava.
Mas meu amor por Alina me adocicava o paladar da vida, ao gozar de sua companhia. Nem me aborrecia o estar na cama com ela, onde não precisava inventar, descobria. O desejo era novo dentro de sonho antigo. "O que lembro, tenho" – alertava Guimarães Rosa. Mas o que tenho não deixo de lembrar. E o que sonho, roça no amor o maravilhoso. Por haver luz dentro do corpo. Luz que não acaba. Eu era semelhante a um elefante num poço, acuado de amor e alçado de êxtase. Fazer amor era cortar avelãs e prová-las, com a semente que vai buscando flor. E cai o céu pela boca no seu corpo. E cada ramo de sua árvore tem meu sopro.
Não se cuidava de andar de amor à noite e até a lua podia desabar sobre os que tateiam de alma em corpo. E são brasas azuis e brancas no desejo. E o amém de sol em cima. Améns de pássaros.
E por essas do acaso, que cor nenhuma têm, Tonho Madureira me apareceu com sua cara enorme e começou a ganhar freguesia como comerciante num bazar diante do Companheiro Oceano. E na roda das ondas se ameigou. E tanto se jubilou nas vagas, que fechou o bazar, descobrindo que o mar tem entranhas de mulher e ancas. E decidiu: – Preciso viver, não enricar.

Consta que a pedra guarda esquecimento. Mas eu não devo, nem sei esquecer. E a língua que nos reúne, mesmo calando, jamais pretende esquecer. Porque fala, calando. E é o esquecimento o louco da casa e da alma. Porque o que lembramos continua vivendo. Ainda que não nos ensine nada. E o passado é imutável, como a rota das constelações ou dos planetas.

O que recorda, arremessa fachos de fogo para cima e ilumina. O que esquece, lança pedras para o abismo. E não voltam.

E o sonho é o milagre que não merece ser mal frequentado.

Não é póstuma a esperança, embora muitas vezes se oculte. Sêneca salientava que "a glória é a sombra da virtude". E, aqui, não havia virtude, nem eleições. Porém, esse infortúnio podia-se cobrir com ironia e a estupidez, que é tão afoita, que muitas vezes não se é bastante inteligente para entendê-la. Conto tais fatos e vejo como calam os poetas no doer da penúria. Sim, a ruína da República sibilava como o vento na cabeça das árvores. Sibilavam as heras pelos muros das casas e a umidade conduzia o terror. Dilatava-se um ruído de tanques e carros. Nada se via, salvo o frenético ataque dos ratos no prédio governamental, com a fuga dos funcionários e outros assessores, amedrontados. Até Erasmo do Rio, já idoso, achou de escapar diante do que vislumbrava, ciente de que não podia com tais inimigos e muito menos a democracia. E teve uma cena de medo, com a suástica dos ratos, a audácia nazista da ratazana, que era feroz, invadindo salas, invadindo com altissonante marcha a cadeira do governante. Quem resistia, como resisti com a palavra, os ratos recuavam, para depois, com ímpeto e furiosa destreza precipitarem-se na floresta, à espera. Balas de espingardas e pistolas derrubaram alguns, que caíam ao chão, com barriga de insígnia nazista para cima, caíam e outros persistiam velozes, persistiam e eram multidão e tantos, que ninguém conseguia deter como a água suja rompendo o dique, rompendo com dentes que se riam contentes, dentes vorazes, implacáveis. O absurdo se unia à demência, como se um louco fosse fabricando outros loucos. E a insensatez se tornava cada vez mais insensata. E a segunda natureza era a estupidez. E a terceira, o grotesco.

E os ratos que foram homens se distinguiam dos demais, com um casulo negro na testa, bradavam: "Queríamos paz, mas vocês nos levaram à guerra".

E a ratazana com a insígnia do *führer* tomou posse de Riopampa.

E havia a estirpe dos ratos eruditos, que planejaram a estratégia das investidas, e os ratos consultores, que pesquisaram códigos, decretos. Os ratos legisladores e outros peritos em números. Num nicho especial, um rato filósofo, de testa alongada, voz de falsete, que defendeu a raça pura e o autoritarismo intelectual, alegando ser o mundo um objeto. E ia adiante, asseverando, inclusive como Reitor da Universidade, logo nomeado: "A natureza viva ou morta tem a sua história. Mas como acabamos de dizer que cafres (os negros) são sem história? Porque eles têm tanta história quanto os macacos e os pássaros. Ou bem seria possível, apesar de tudo, que a terra, as plantas e os animais não tenham história? Parece certamente incontestável que o que é perecível pertence logo ao passado... O que pertence ao passado não entra na história... O ser em si é para a raça." Chegando ao ponto de utilizar o *slogan*: "Toda grandeza emerge no assalto" e era instrução em sua casa na floresta, que adeptos chamavam de "negra". Propugnava a existência de uma estirpe sem mácula, rato filósofo com gênio e obscura obsessão ou loucura. Era renomado entre os ratos e os homens. Num canto o rato, arrastando medalhas na cauda, gordo, com bochechas, o rato *goering*. Todos eram liderados pelo chefe do Terceiro Reich, o tal rato imenso, superdesenvolvido, com surpreendente e olímpico bigode, junto ao avultado focinho e grandes orelhas. Tinha olhos tão intensos e ferozes que era difícil fitá-los muito tempo. No alto, lia-se a frase de Nietzsche: "A humildade tem o pelo mais duro", com letras de bronze. Mas os pelos duros não eram por serem humildes, ainda que o líder o julgasse assim: duros, duros eram de arrogância no combate. E brônzea a solenidade. No canto, sobre a pequena mesa de pedra, o livro encadernado *Minha Luta*, que tal chefe fazia questão de roer, aos poucos, página a página. Cada buraco assinalava o destino histórico dos seguidores.

Guinchavam os ratos enfileirados, em posição de sentido, um lânguido *Heil Hitler*!, ao chefe que tinha fala imperativa, que respondia aos alaridos com sotaque ardiloso, eloquente, alteando e baixando o tom. Era um rato escuro, viscoso, formado em sinuosa política, sem aceitar jamais um "não" e disposto a mandar matar sem cerimônia. Perto, com olhar sedutor, a rata branca Eva Braun. E na vizinhança, outras ratas se albergavam, espiando, ariscas.

Esse ratão gigante não cria na civilização, salvo a da morte, sob os porosos dentes. Considerava-se um tambor para os seguidores. Com fanatismo do pensar morto que continua morrendo. E às vezes era invadido de euforismo, constando receber doses de cocaína em alto grau, a ponto de permanecer acordado dias consecutivos.

E ali, sim, o chefe, com olhos intrépidos, afirmava, citando Nietzsche, seu mestre: "Vós olhais para cima quando aspirais a elevar-vos. Eu, como estou no alto, olho para baixo." E não cessava na sua empáfia conquistadora, quase infantil: – O poder não se concede, se toma. Nada é mais belicoso que a ignorância desarmada. E vi um sorriso sardônico no rato Martin Bormann, radioso ministro do partido. Além, os ratos, Heydrich, da Gestapo, com o tique de levantar o olho esquerdo, ao refletir, o devotado Himmler, "aristocrata matador", e Ribbentrop, o retórico diplomata, exibindo azulada penugem no focinho, muito calado e orelhas curtas.

O que me chamou atenção, além desses, de empertigados pelos, um grupo de ratos cientistas, que mantinham uma casa isolada nas cercanias da floresta, para experimentos genéticos, visando ao aperfeiçoamento da civilização ariana, gerando em cobaias humanas deformações físicas ou mentais, ou sumindo com crianças que trouxessem debilidade, visando ao bem do partido.

O tal líder mandou criar um campo de concentração, onde ficaram alguns humanos, que resistiram e não se acovardaram com a avalanche da rataria. Traziam tatuagem no braço. Atirados em guetos ou porões, foram denominados de "semitas", ocupando a anterior posição dos atuais invasores. E que o rato Goebbels, com a pata erguida, os chamou de "especuladores do capital e da inflação", com o guinchado apoteótico dos ratos-soldados com metros de morte nos dentes, cuja maldade era tamanha, que os ouvidos se amedrontavam com os próprios guinchos.

Tal campo não possuía grama e era um corredor de pedra comprido e úmido, com escassos, malcheirosos alimentos.

E os prisioneiros, os mais ferrenhos, eram amordaçados e roídos, aos poucos, começando pelos braços, depois os pés, a cabeça, pelos ratos maiores, com dentes de faca, os carrascos do regime. Usavam um distintivo da suástica nas caudas: eram ciosos de seu ofício. E o que não é de esquecer, a existência de ratos espiões e a história da cidade contida nas pedras do edifício. E foi determinado pelo líder, a deportação de alguns judeus e o holocausto da maioria, com os ratos carrascos controlando as câmaras de gás, onde esses humanos, para ele de raça inferior, eram sacrificados.

Além disso, a religião cristã não podia ser pregada nas escolas ou na universidade. E a perseguição aos poetas, escritores e artistas. E diagnosticava, guinchante, aos ouvidos de alguns ratos do estado-maior. Sobretudo sobre os poetas: – São narcisistas, de casta semita e propagadores de suas ideias. Prefiro os antigos, onde impera Nietzsche – não incomodam! Invejados por tantos e elogiados por poucos – sua única glória. E tocava com o focinho zombeteiro num vaso de tulipas, perto. Só não concordava com ele o filósofo do grupo, que propalava que "os poetas são fundadores da casa do ser". E o bilioso paradoxo é da alma nacional-socialista.

Mas uma exceção: os cativos de boa raça. Eram separados e, se não forem munidos de palavra, podiam vir a se tornar ratos e servos da grei.

Outra parte compunha-se do expurgo na própria falange, de ratos que desobedeciam às ordens superiores. E não havia horas de sol. Tidas por perigosas. Evitavam assim o aquecimento dos ossos dos cativos.

Separada, surgiu a classe dos ratos, que buscavam na espécie, a raça pura, com enxerto de pelos para que todos se parecessem e não ferissem a unidade da ratazana mais ariana. E a imaginação desses especialistas procurava preencher as lacunas das observações. E qual o rato mais castiço: o mais distante do homem. Os que alcançavam alinhar as ideias na prática nacional-socialista. O que era complexo, carecia de uma ascese do rato para a rota da perfeição. Começando pelo maior crescimento dos dentes. Ou a forma com que esses deviam seguir a estrutura originária da raça. Sendo distinguidos pelo consuetudinário poder da mordida. Ou a ferocidade quanto maior, quanto mais ariana, se movida pela mais aguda devoração. Diante de tudo isso eu padecia a pesarosa condição de ser humano. Sim, o império do Terceiro Reich dos ratos, sob o hitlerista, que gostava de ser chamado Augustus, ratão-mor que passou a reger Riopampa, proclamava: – Humanos, o nacional-socialismo é mais do que uma religião; é a raça pura que gera o super-homem! E os ratos estavam extasiados, saltando de alegria, com os focinhos bufantes. E completava: – O arianismo não é apenas pureza da raça, mas também do espírito. E estaremos prontos a agir, sempre que o número de ratos proliferar no homem.

E o trágico: a palavra começou a ser proibida, ou sufocada, ou evitada, ou engolida. E a supremacia da imagem do chefe tentava esmagá-la. Ainda que passasse silenciosa, tal um morse, de mão em mão. Ou era bebida às ocultas, por não se respirar sem palavra. Apesar da tirânica vigilância da rataria. E só ela podia impedir a metamorfose do homem no rato. Quem não detinha palavra, não a vivia; aumentava a população dos súditos.

E curiosamente, o dito Augustus anunciava um processo democrático, com opção decisória dada aos habitantes.

Uma singularidade: amava escutar a música sinfônica de Wagner e se comovia com ela. Era patético vê-lo guinchar sozinho de prazer sob os acordes dionisíacos e as patas salientes. E os homens que preservavam sua dignidade eram respeitados, até ouvidos. O que nunca se soube antes: a coexistência pacífica entre homens e ratos em regime societário. As diferenças eram aceitas. Diversamente de tantos casos, os ratos não tocavam, salvo na tomada do poder, em bens ou alimentos, ou sobre os progressos do povo. Eram, ainda que de maléfica doutrina, desejosos de haver crescimento agrícola, vigorando ordem entre os cidadãos, como forma de permanência.

– A liberdade não sujeita a liberdade! – Anunciava o rato-mor Augustus, e os subordinados o acatavam pela operosa sabedoria, que se originava da pura raça ariana do líder. E teve o tal comandante do Reich um travo místico: – Deus tem um olhar em toda parte! Mas ele não tinha Deus, era o próprio. Vinculado a uma seita satânica e secreta. E eu que narro, lembrei-me do Salmo 123:3 – "Tem piedade de nós, Senhor, tem piedade de nós, que estamos fartos de desprezo".

E os ratos econômicos compuseram parceria para saques em sacos de ouro da sede da Companhia de Petróleo, mediante propina de funcionários, e todos iam para o poder central, que enriquecia, fortificando o sistema e o poderio, com depósitos numa das salas do palácio. E esses humanos, movidos à propina, foram se transformando, civilmente, em negros ratos. Era um processo corruptivo que esvaziava a entidade, cada vez mais invadida pelos roedores, protestando ser o petróleo também deles. E tal a sua audácia e prepotência que visitaram o foro, aturdindo os juízes, que não sabiam o que fazer, reverentes. E não deixaram de ir à Câmara dos Deputados, em fila, o que criou celeuma entre os que os defendiam e os que os abominaram. Era a casa do povo, e eles também eram povo – propalavam. E foi como vários políticos, pela cobiça, se transformaram nos roedores.

Posto isso, foi imposto a todos – homens e ratos – o princípio da educação, com a ordenação de aperfeiçoar a biblioteca, onde os livros jamais podiam ser roídos. Não faltando volumes de Nietzsche e Aristóteles, com o antiquíssimo comentário de João Filipão, o infatigável. Mas, contraditoriamente, os livros de autores judeus foram queimados pelo rato Goebbels com ratos estudantes, no centro de Riopampa. Cumprindo-se a sentença do poeta alemão Heine: *Os que queimam livros, queimam também pessoas.*

Tornara-se imperiosa: a profusão de queijos, ao cuidado dos ratos especialistas que multiplicavam sua qualidade e reputada estirpe.

Os dentes criariam esconderijos nos queijos e subterrâneos, onde cavernas e antros vão sendo descobertos. O que, para eles, era a arqueologia do sabor e do saber. Houve um rato imaginativo e jurista de certa fama que teve o pejo de comparar os buracos dos queijos, aos das leis – o que não prosperou, dado o requinte com que o queijo era tratado e o menosprezo às leis, salvo as do Terceiro Reich.

Assim, a casta dos queijos era escolhida com vistas à chefia e às classes menores, com apuro ariano e arquejo minucioso dos dentes.

E Riopampa se tornou natural centro de *delicatesse*. A concupiscência de comer, saborear o inefável sem retórica e discursos políticos. Com a nova aristocracia nacional socialista dos ratos. E a história existia apenas na raça pura, inexistente para os negros e os semitas.

## 2.

Não mais verei muitos dos companheiros, cujos nomes emergem na memória, todos tombaram e a morte não é guitarra. Todos tombaram sob a investida da ratazana do Terceiro Reich e mordidos fatalmente adormecem sob a terra. E ajudam a florescê-la. Os mortos são diabólicos na medida em que não alcançamos entendê-los. Mas o avanço dos bárbaros adveio. Resisti, como se não resistisse. A palavra sabe mais do que eu. E os mal-entendidos fazem parte da escrita.

 Quando escrevia isso, um bando de gafanhotos apareceu na floresta como um cabo de cometa. E os ratos soldados os arrastaram, eram fulminantes com dentes postos em guerra. Eu vi e conto. Porque não sei para onde o tempo me inventa. E os gafanhotos foram sorvidos pelos ratos como suculentas iguarias.

 E Alina me olha, e nos recolhemos na casa junto à montanha. Amor veda passagem aos incautos. Avança quando ousa e só ousa de não querer adiar a aventura de ter o mesmo céu, na mesma altura, donde fogem nuvens. Depois no sossego, veio um cão rafeiro de nome Damiano, que adotei. Ele nos seguia, de perto, com olhos miúdos e suaves.

 Dois companheiros, Teolindo e Malaquias, se esconderam no porão do primeiro, que era boticário e estava limpo de ratos. Depois de semanas, saíram, por não se virem em perigo.

E o perigo era o de não se munir com palavra na mão, para não se transformar em rato.

O hiato entre o bem e o mal, entre o homem e o rato era tênue, separável pelo brio invencível da palavra. Sim, quem vivia a palavra de alma jamais seria atingido pelo atinar vaporoso ou instintivo dos roedores.

Augustus afirmava: — Nada do que é rato me é alheio.

E os humanos ficavam à espreita, com gatilho de palavra junto às abas.

E como o mal se move de aparência, Riopampa passou a ter colheitas fartas, e a fome não existir. E foi pelos ratos abolida a moeda: vigorava a permuta, e a lei era a da necessidade, já que havia eitos e fatias democráticas.

O pilar nazista soberano era a obediência ao monarca Augustus, que tinha dúbio movimento de compaixão e justiça.

Um rato erudito, com vocação filosófica, era lido em Ricardo Valerius e defendia a tese de que "a loucura é a razão do mundo". E penso que ele próprio possuía transes de lucidez e outros de demência. O rato nunca derrotará a palavra do homem. Dizia para mim mesmo. A maior dor é a da loucura que se disfarça de razão. Nem cabia provocar, nem era o instante de pôr trancas depois de arrombada a casa. O que competia a mim e a Alina era sobreviver. Esse segredo nos confortava. Porque o acontecimento já começa antes de acontecer.

## 3.

O que não posso, é o que posso. E o que não sei, é o que sei.
Noutro lado da rua, meu conhecido era um rato completo. Nos vimos e nos respeitamos, sem que antes me enviasse um guincho. Pode a felicidade de um homem, mesmo em elevado posto, estar num rato? E felicidade é também o fato de ser por ela reconhecido. O que na espécie não sucede.
Mas havia clubes para os ratos arianos, onde os homens não entravam, bem como restaurantes e partidos apenas para os roedores.
Augustus, que tinha uma unha a menos, era o incontestável mandatário. Caracterizava-se por longos e silvantes guinchos.
– A nobreza obriga! – Era o refrão. Não dizemos o suficiente, por isso repetimos. E repetir era o instinto do verdadeiro pensador.

## 4.

Foi de repetir que meu amor por Alina se enterneceu. Enchia seus ouvidos, que levavam amor ao coração, que aprendera a escutar.
E disse a Alina quanto era inveterado o amor e não envelhece, nem dorme por ser tão longevo como a noite. Não sabia se a história menosprezava o amor, mas aquele amor menosprezava a história. E meu sono se derramava nela, de mãos dadas, e o comboio dos corpos tinha rumo até a estação do abraço, que não terminava. Por não me despedir de nela sossegar.

E as almas vinham ao claro regato do silêncio. Se as coisas envelhecem, tomamos juventude da foz. E a casa é branca e esposa nossos corpos sob o branco lençol da aurora. E amor já tem a cura, Alina, de não findar.

## 5.

Foi aí que comecei a ter o inviolável recolher da infância, e era sítio de longeva saúde.

Um dia, Augustus, em comício aos ratos de seu Reich, citou embevecido a luz divina do Moinho. E não deixou de honrar a epígrafe cervantina, acrescendo quanto os gafanhotos, com seus guetos, haviam vindo para glorificar os feitos de seu povo.

E que caberia monumento de glória, um arco de triunfo, com o rosto esculpido de alguns dos vencedores. Mas quando Augustus mandara ratos projetistas delinearem o tal monumento no papel, com rabiscos, alguns inefáveis, com águias e outros símbolos do Terceiro Reich, o chefe se deu conta de que era pouco, precisava ser pensado algo mais. Porque aquele triunfo se somava com outro maior, a tomada de Riopampa, que haveria de se fixar nos compêndios da história. E a história não era sensata, padecia de transes de demência. Tendo a considerar ainda que a pouca glória era nenhuma. E no protelar, foi esquecendo o que fazer, já que a vaidade se enrugara e os sentidos enganavam. E é imprevisto o que nasce do sentimento de êxtase, passando a valer mais para o seu ego vitorioso do que para os outros. Depois meditou melhor, achando a tal glória estimável aos defuntos, não aos vivos. E que essa era breve. A glória, que aguardava seu avassalante exército, tinha perfil ariano.

Sim, se esse mundo era torpe, havia aparente paz na torpeza. E se eram bárbaros, com avós bárbaros, havia certa meticulosidade no sistema ditatorial dos ratos. E o real morde com os anos, em vez de morder com os dentes. Para tais bárbaros, "a morte é um fenômeno a ser compreendido existencialmente". O que era defendido por sua filosofia. E qual o sentido do ser? O cativeiro dos inimigos. – Mas não bastava. O poder vinha da força dos dentes. E por sinal o sinistro maxilar, com a dentadura era um mito da energia e corrosão herdada dos valorosos ancestrais. E possuía uma exaltada arrogância, com olhos injetados, tal se vivesse num mundo irracional, fantasmagórico:

– Que vos parece, ratos superiores? – Indagava o líder, para o seu povo de roedores. E continuava: – A dor é alegria e a maldição também! Se alcançamos o triunfo de sermos ratos, o que nos cabe dos humanos, que é algo a ser superado? Somos o espectro que os ronda. O que é ser um rato e ser é o nosso tema! Ser cada vez mais. É crime misturar-nos com qualquer raça que não seja ariana! É terrível a imbecilidade dos nossos inimigos; toda a sua espécie foi aviltada pela nossa superioridade e inteligência. O que não sabem é que nós seremos dos poucos sobreviventes no fim das coisas. Só há ratos desesperados, não situações desesperadas. As mentiras virão abaixo, e triunfará a verdade. E tanto a procuramos, que haveremos de encontrá-la. Foi aplaudido de pé pela ratazana, entusiasmada, exibindo a suástica, estando ali a elite dos ratos e uma multidão guinchante.

Alguns humanos ouviram de longe o alarido, tal se assistissem um circo de roedores amestrados. De inúmeras classes, desde os eruditos, aos que assimilaram a roedura, e os soldados rasos, que, sob o sol cuidavam de manter intactas as sombras. E o respeitado rato filósofo visava a total mutação na existência roedora. E comparava à eloquência dos antigos gregos na *História do Peloponeso*, de Tucídides, em bajulação, as invectivas histéricas de seu chefe. E ao referir isso, excitado, movia a cauda como um chicote. E tinha o pensante focinho e orelhas metafísicas no tal livro, *Minha Luta*, todo sublinhado, só um pouco maior do que ele. Mas o que raros observavam, era a luta interna e surda entre os satélites do líder, com resmungo silencioso.

Pela cautela dos detalhes, nos dávamos conta da vigiada liberdade. E essa, para os ratos, era excessivamente perigosa. *Gloria umbra virtutis est* (A glória é a sombra da virtude). Ou virtude, glória da sombra. Como o era a possível vingança do povo subjugado. Mas na mente dos mandantes do Terceiro Reich, que já sentiam a provável retirada, vibrava-lhes ainda o *slogan* da tradição e do futuro do partido nacionalista: "Toda grandeza emerge no assalto". E nada temiam, salvo a cega obediência a Augustus, o Chefe, que não estava mais seguro como antes, sabendo a precariedade do poder. E o poder da precariedade. E a palavra era semente que avançava e na obscuridade pesava o dobro. Era sua insurreição: cada vez mais temida. Tinha aversão às massas de ratazanas. E ela queria integrar-se, ser inteira, arrancando os obstáculos e os mitos como a erva do campo. Pelo desequilíbrio entre as criaturas, tudo lhe aproveitava. E farejava a injustiça. Com a educação da luz. Podia desmontar sistemas, sem enredar-se neles. E os ratos não a queriam nem de perto. E a palavra já não conhecia limites, avançava. E a história não é sensata, sofre de loucura desatada. E afiança o provérbio: "Somente a loucura retarda o curso rápido da juventude e afasta de nós a velhice importuna". E os ratos não a conseguiam devorar; eram por ela devorados. A palavra engolia a história. Avançava. Nem todos percebiam. E o jugo começou a desacontecer, aos poucos. Sem reparar, começou a despraticar, descarregar energia, desexplicar ordens, esquemas, parando o mecanismo de comando, acontecendo às avessas, atulhando pedras nos ditongos de poder, desfiando axiomas, desplumando certezas do regime, ficando em mato fechado, sem andar o reinado dos ratos. E avançou a palavra pelas frinchas do palácio do governo, onde cresceu uma abolia mineral que atacava os pelos dos ratos de sacramentadas poses, exibindo os dentes. A palavra avançou nos dentes e focinhos. E o medo no inimigo principiou a pôr a cabeça para fora. Começou a engolir com a cabeça do medo. E afirmava Einstein: "A existência e validez dos direitos humanos não estão escritos nas estrelas". Mas seu desrespeito cria buracos na memória da espécie. Cria desmemória na memória, heras no úmido, desvalido muro. Heras de abominável mal. Pior, quando se torna visível e quotidiano. A cor da pele é a da alma. Porque, ali, morrer não é mudar de natureza. A morte tem defeitos de nascença. Antissemita. A morte sem orelhas e sem boca, cega dos olhos por tamanha experiência de contar. A morte é ariana. Mas se pode abolir o gênero humano para erguer um manancial de boa raça, tentando passar a limpo os seres? Por que não tolerar as diferenças, em vez de buscar exterminá-las sob o brilho do fogo? Mas que fogo é igual ao da devastadora consciência que se opõe? Ou à força de uma humanidade que não se resigna? Ou à palavra que avança, de tanto que não avançou. E avança até o enfeitiçamento do sono.

E no sonho, que tem muitos dentro de ninguém. Avança, avança. E o sonho que adormece em ninguém, acorda com muitos. Porque neles vai sonhando, vagaroso, o mundo. E é a palavra que surpreende as desconhecidas peripécias de Deus. E o que poucos veem, a maior delas é a própria palavra. Que avança, avança. E se a palavra se nutre de juízo, os vivos se alimentam de amor e os mortos, de esperança. Mas a esperança também é dos que resistem. Porque a grandeza não inveja, não se rende, nem teme, nem se encolhe, nem se negocia. Abraça o universo. E a luz não é sozinha. A luz nunca é sozinha.

# Capítulo décimo

**1.**

Alina e eu compreendemos que, sem oposição atinada, só nos competia deixar passar a calamidade. Se não podíamos mudar, estaríamos inertes, até que houvesse transformação das coisas.

E uma proliferação de heras se alçava nas paredes, nas casas, na praça. E elas eram ousadas, crescendo sem medida.

E muitas delas uivavam como lobos de ervas no vento, ou era música suave, como do bandolim da taverna de folhas.

O que mudou a paisagem, tal se viessem as heras de páramos e bosques da Idade Média.

E os ratos, com as heras, melhor se disfarçavam, ou serviam ao dissimulado e secreto serviço de espionagem.

Quem pode ensinar a vida a viver ou ensinar a morte a morrer? Porque a morte mata, mas não gosta de ser consumida. Às vezes é como a morte nem morrer consegue.

E os ratos sabiam manejar a morte, como ela também é hábil em matar os ratos.

## 2.

A memória como reprodução dos acontecidos também ocorre nos ratos. Mas poderão eles, como os homens, ter ajuda de processos simbólicos ou associação de signos? Penso que têm a consciência do terror e não se extraviam no ato final da mordedura, onde o mal ou a ariana glória se confinam, condenando à fumaça e à cova o inimigo humano. E para aqueles sucessivos ratos até a morte era ariana.

## 3.

Um pesquisador de mérito, Dr. Pesavento, da Universidade de Riopampa, verificou que os ratos se reproduziam numerosamente e os humanos tinham reduzidos nascimentos. O que significava que os ratos eram milhões e os humanos compunham restrito número de viventes. Em breve, escasso e marginalizado. Como se alguém de banda murmurasse: póstuma é a glória do homem.

Mas pensei: o universo não pertence ao que é mais numeroso, pertence ao que mais sobrevive.

Mesmo sabendo de que a nenhum jugo, sob que nome for, é desculpável. E vi ratos soldados, com férrea disciplina, indo e vindo nos acampamentos. E me lembrei da invocação de Elias Canetti: "Não seria melhor que nunca tivéssemos saído da caverna?"

Um dia fomos chamados à presença de Augustus, que tomou o cognome de Grande. Seus olhos eram ágeis e frondosos. A testa alta e se desequilibrava pelo tamanho superior aos demais e as orelhas soturnas.

Falou: — Vocês querem persistir humanos, e respeito tal vontade. Ninguém é obrigado a ser rato, desde que — acentuava — não mude de alma.

Não temi. Tinha pólvora na palavra não engatilhada e ao meu lado, a bela Alina. Acabou nos cumprimentando cordialmente diante dos ratos assessores.

Nos arredamos dali, e disse: — O que não alcançamos retirar à força, sairá no lento apodrecer. E eu vi as pálpebras caídas e o corpo macilento de Augustus. O que não vai pelas armas, vai pelas almas. E vi o rato filósofo, de aro nos olhos (não havia vislumbrado antes) e ossos delicados, imitando os arrastados passos do chefe e sussurrando divagações sem nexo. O rato Goebbels, magro, sussurrante, os ladeava, de longe. E observei que a multidão dos ratos sofria o princípio do declínio, já que o excesso de necessidades desaguara na míngua dos produtos; o excesso de poder desconjuntava as ambições, e os cargos se embolavam. E a roda da fortuna não obedece nem aos homens, nem aos ratos. E vinha a fome, que tem a boca insaciável.

Assim, aos poucos, tudo se desaprumava, sem um empurrão sequer, sem o enxame de um grito, ou o pavio de uma palavra. Assim, a civilização dos ratos vai sendo devorada, sem se dar conta, com a corrosão do próprio poder. E a suástica, tão imperiosa, foi suprimida nas barrigas da copiosa ratazana. E me ecoou na lembrança o vaticínio de Henry de Montherlant: "Além do real e além do irreal há o profundo". E os prisioneiros e os que se safaram do Holocausto foram libertados. E o local nefasto, onde vidas se sacrificaram, foi destruído a dinamite. A explosão da morte e a alegria dos judeus e negros e outros cativos se expandia pela cidade, com saltimbancos pulando e bandeiras sendo desfraldadas. Tambores soando. E a luz do sol estava cheia de Deus. E era uma revolução sem armas, com almas fervendo em graus de júbilo diferente. Um lembrava a amada distante; outro conhecia a saudade dos pais; outro percebia uma claridade nova, sem nome e sem cadeias; outros se libertaram da fumaça da morte, que a tantos já dizimara; judeus queriam buscar o acolhimento dos guetos, ou das sinagogas, onde familiares aguardavam, ou a comum coexistência na cidade. Não se atrasava mais o povo na amargura, nem o relógio da liberdade: batia horas diferentes. E ninguém consegue ensinar a praticar liberdade; só a infância. E nem a recordação mais lograva inventar, porque todos queriam recuperar de uma forma e outra o que perderam. E não precisaram nem de um gole para saber o que é a escravidão. A mais abjeta. E todos se assombravam com o que parecia não não acabar, e acabara. Agora eram autodidatas do futuro. E recordo Walt Whitman: "Juro que agora sei que cada coisa tem uma alma eterna! (...) Juro achar que a imortalidade existe." Ou o vaticínio de Cioran: "Nos agitamos porque acreditamos que nos cabe concluir a história, fechá-la, porque a consideramos nosso domínio, assim como 'a verdade', que sairá finalmente de sua reserva para revelar-se a nós". A Idade de Ferro pode trazer-nos a Idade de Ouro, ou a que nos aproxime da infância do porvir. Mas o nacional-socialismo, com a ferocidade dos ratos, nos adverte quanto a morte é ariana.

**4.**

Elifas, fabricante de sinos, que nunca recusou a condição humana, propôs em segredo, lá na Aldeia de Albion, com quase nenhum rato (todos se congregaram na capital), a fabricação de um sino diferente dos que normalmente produzia. E explicava: – Este sino será posto no alto da igreja e tocará, com suporte de cedro, no final do reinado dos ratos. E seu som ecoaria como se o cristal batesse no cristal.
O tal fabricante era profeta e vaticinou que em dois anos Riopampa teria novo regente e seria humano. E todos os ratos que infestavam a alma do povo seriam dizimados. E eu que relato, ponho fé. E ao lançar a corda com o sino, então o céu se abriria.

**5.**

O que não parecia longe do pressentimento de Augustus, o Grande, rato do Terceiro Reich, de espécie monárquica, veio-lhe a íntima certeza de que findava o seu domínio sobre Riopampa. Mais do que intuição, algo que lhe fremia nos pelos. Era agudo, com o estranho tato de se antecipar, tendo percepção mais alta que os de sua raça. Sustentando, com autoridade: – Se os homens se firmarem na palavra, nós, os ratos, retrocederemos, e aqui não teremos mais guarida. Não tenho que pagar por esse sonho que também me atinava ao ouvi-lo. E diante disso, houve a pergunta de alguns ratos ministros (que prosperavam até no governo dos homens): – Como é possível, um gigante como V. Alteza,

armado e valente, prever que nossa perseverante grei possa desmoronar?
— É que os humanos não usarão nenhuma das armas de praxe — replicou o Chefe. Voltaremos para o *bunker* de onde viemos. Com movimentos descuidados, cambaleava para cima e para baixo na sala. E prosseguia:
— Basta que descubram, como estão fazendo, o uso da palavra. O que não é fato novo para mim: descobri há muito. Mas carece de que ela vá encontrando os que são seus semelhantes, não deixando que nós, ratos, tomemos a iniciativa de antes roê-la. Esse período vai de uma palavra a outra, desde os arcanos, as reservas de nossa condição. E permanece pura, imbatível, porque o solo da alma humana é terra que não será violada. Por nós e por ninguém. Mas um aviso deixo: — Nós poderemos voltar a qualquer momento, se o número de ratos no homem se multiplicar.
E ouvi pelas frinchas ou veredas o ruído da palavra que desmonta os adversos poderes do universo. Muitos ainda a conservaram intocada, límpida, capaz de descer e pela nascente se encostar. Como a semente que não se sabe o instante em que nasce, e tal a árvore, não se sabe quando frutifica. E não se poda a língua, para não podar junto o seu mistério. Poda-se o mistério, para que se abra a língua. E o que muda o destino é o que a palavra arrasta com o arsenal por dentro.
E notícia, já tive, de ratos em grupo, inclusive, que se iam afastando de Riopampa. Porque ao tentarem absorver a terra, foram absorvidos e engolidos por ela, que atacou devagar e irredutível. Sim, descobri que a própria terra abominava os intrusos e suas hostes e não lhes dava a roedora paz. Sim, a paz já os começara a devorar no próprio vírus com que a devoraram. E as almas curadas do sonho da vida

não se aquietavam, até se aborrecerem com os ratos, que principiaram a roer-se uns aos outros, o que alarmou o chefe Augustus, o Grande, ao não lograr mais acalmá-los. Por não se contentarem a roer as coisas, roíam-se a si próprios. Sem permitir ao tal líder dormir, que, às vezes, era sua bem-aventurança.
— É a palavra — ele disse. A palavra que avança. E foi reunindo os ratos, seus estandartes, as insígnias, armas e outros materiais bélicos para a retirada. Espécie de estratégia de futura sobrevivência noutro espaço, mais solidário. O que fez Augustus lembrar — sapiente em história — outra retirada, a da Laguna. Nem quis mais ouvir os conselheiros. Foram-se todos, em ordem, devagar e depois apressados no desvario. Quiseram, em maldade e ferocidade, levar a julgamento o gênero humano e, ao final, foram eles julgados sem carência de tribunal algum. Porque o gênero humano resiste à provação do tempo. Quando existe dor, ainda persiste viva. Persistiu. E saíram as tropas de ratos, espantadas, enfiadas no medo Tal agulha que da roca é arrancada, como a roca que não serve mais ao tear.

E ventou muito por estar algo acontecendo, desde o subterrâneo. Sem um tiro, sem abalo sísmico, sem luta, sem desespero, Riopampa de um dia para o outro ficou livre do danoso conviver dos ratos. Ou melhor, um exército nazista e ariano de ratos em fuga. E me adveio a terrível previsão de Schopenhauer, filósofo predileto de Augustus: "Este mundo é o campo de batalha de seres atormentados e agonizantes que continuam a existir apenas devorando-se a si mesmos".

E o sino da Aldeia de Albion, fabricado por Elifas, sino irrefutável, posto ao lado da torre da igreja, com o puxar da corda soou de uma forma tão gloriosa, que nunca se ouviu

aquele som antes, nem depois. E nem se ouvirá. E o sino tinha língua comprida, língua incomparável. Dando a impressão de entrar, enfim, na porta do paraíso. O dano da invasão dos ratos foi logo consertado. Fome não houve com a abastada colheita de cereais. Alguns humanos que se contaminaram, voltaram pela mão da palavra com a cura. E ao voltarem, depois de conhecer a roedura, ficaram mais humanos do que antes. Por ser a palavra.
    Detrás do sol, o sol e o céu atrás do céu não permaneceram mais sós, não mais pintando por mero prazer o dia seguinte. E eu que relato, dei-me conta de que a roda do povo é a roda de Deus. E bendito seja! O caminho do conhecimento é mais redondo que uma romã.

### 6.

Dias se passaram até que Riopampa quisesse novo governante. E sonha-se às vezes de haver governo, quando não há nenhum. E o povo continua vivendo e se ajudando, mesmo que não haja piedade no poder, mas apenas cúmplices. O que importava é que via viverem as palavras. E as sementes se enfiavam pelas árvores, e as árvores, pelos pássaros. O universo não parava de crescer, ainda que para dentro. E vi que estava mais perto da escrita, que da alma, mais junto aos vocábulos, do que a vida. E bem mais perto de Alina, tão vinculado a ela, que desapareceu o esquecimento. E o segredo é o de que a noite alcança a semente. E a semente alcança o filão de Deus.
    Não acabamos de céu, nem de vida, nem de infância. Nem mesmo a morte sabe acabar. O inocente é livre, por-

que jamais acaba. E a verdade não está à venda, como o tempo.

Mas Deus aparece quando a imaginação começa a perder as imagens. Porque Deus não carece delas. Rebenta as imagens. Rebenta as margens das imagens.

## 7.

Dório protestava por certa falta de panos a cobrir as moças de Riopampa: – Falta vergonha, é o princípio do fim do mundo! Mostrava-se Catão e era o maior conquistador: farmacêutico, usava o terno branco e atacava no escondido: solteiras, casadas.

Um dia se viu assaltado em casa, sozinho: – Não casava nem à força! E foi amarrado numa coluna e lhe arrancaram as varonis forças. Dizem que foi a mando de um tal de Gevásio, cuja esposa teria tido com a vítima amorios clandestinos. Foi aí que acabou seu moralismo, como passarinho sem alpiste. Não, leitores, jamais acabamos de céu, nem de vida, nem de infância.

E escrevo. Sou peregrinante. Foi-me dada a governança de Riopampa, e não aceitei. Meu tirocínio é com as palavras, e devo contar sobre os outros, o que é mais suave, do que contar de mim. Sou o que mais me conheço, ciente de que a humanidade que temos é abreviada; se maiores fôssemos, atingiríamos as estrelas.

Nunca se perde no poderio do bem, ainda que o vergel dos sonhos nos passe ao longe. E não vou desistir, jamais desistirei; persistirei nunca desistindo, mesmo que a palma dos olhos não seja o que a palma da mão escreve.

O que era alegria de ter algum traço de insanidade, acaba neste homem sensato, variando devagar no cabo das tormentas de envelhecer.

"Custa voltar aos dias imóveis" – escreveu Gonzalo Rojas, poeta que possuía "a rede dos cinco sentidos". E eu guardava os dias imóveis, com certo temor de me extraviar de tanto que vi. Mas me disse Alina que os dons não se esvaem; amadurecem, e creio nisso.

Contei a façanha do antigo Moinho das Tribulações, que tomando forma humana, pés andarilhos, andou, igual a tantos romeiros. Com almas, homem e cavalo albergados nele. O leitor poderá suscitar dúvidas sobre o fato de um moinho andar. Aquele não era moinho qualquer, mas afeito a muitas aventuras. E a imaginação não tem precisão de óculos e desafia a miopia. Somos a realidade. E o mágico só se dá fora do corpo; dentro corre a alma. Com a certeza de que acontece o impossível, por ser bem menor do que se pensa e igual do que se imagina.

Saber que existe o impossível é saber que Deus existe. Nosso encontro com Ele fulgura na palavra e se prolonga no silêncio.

Chegando eu no instante de a vida ser ainda mais obstinada. Com o dia que dorme com os pardais. E agarra o delírio.

### 8.

Consta que se morre de si mesmo, como de nós mesmos existimos ou sonhamos, sem metros de muro algum. Mas a vida é um esboço que se completa na eternidade. Esboço de outro esboço. Tudo é antevéspera.

E se esperar é uma arte, não a consigo aprender. Afirmava Getúlio Vargas, muito afamado em Riopampa, que "política é ver os cavalos passarem". Mas não sou político e assim mesmo continuam os cavalos passando, além de mim. Continuarão a passar inevitavelmente. Pois de esperar demais e quase nada, aconteceu de não acontecer. Saibam, leitores, que é essa agonia que me persegue, desde os tenros e verdes anos. Ou talvez deva fazer o elogio da Espera. O mais são as exemplares peripécias de um escriba entre editora e público. Todos merecem prêmios pelos trabalhos e eu, sem prêmio, carrego a poesia como a um defunto, não tendo descanso algum, nem dou descanso ao peso de o enterrar no futuro.

Disse que não aceitei reger Riopampa e se uma pedra tomba, veio de algum lugar, não escapou da natureza, e possuo apenas a empreitada de pegar a pedra, transportá-la de volta ao monte, como Sísifo. Mas dirigir uma cidade não é pedra que cai, ao ter natureza estranha à minha. E como nada acontecia, parecia estar acontecendo nos subterrâneos. Porque não examino se é nova ou velha a água que vem da foz. Quanto mundo arcaico que não quer acabar e precisa. E no pampa se sabe de tudo. Porque o tempo fala e vem outro, no instinto. Não há desvio de horizonte, por não haver fecho.

E vi aparecer na cidade um cavaleiro montado em fidoso alazão; vinha veloz como se tivesse sina a cumprir. Sua cabeça não era de homem, mas de águia, desde o bico aos olhos desatados e aprontados, encaixada em corpo sólido, de varão, com braços ágeis e pouco perceptível a falta de dois dedos na mão esquerda.

E me indaguei porque no pampa se sabe tudo, descobrindo que, ali, até nuvens achadas são de universo que tem calo de tanto vagar. E conto o surgimento da figura com espada amoitada ao cavalo, vinda do mais espesso da floresta. E por mais, as bocas se trancaram. Mas não sei tapar ouvidos ao pensamento de viver. Saudade só se arranca do visível.

## 9.

Eliziário, tronco de homem, valente, com várias marcas de morte no revólver, falou – eu estava perto: – Que mal pergunte, de onde vem? E atravessou-se ao meio do galope do tal cavaleiro, no perigo. E a resposta veio rápida, sem se dar por rogada: – Quem é você para se intrometer na minha andadura? Tinha voz reboante. – É de querer saber, mais nada – respondeu o outro, sem calo algum de medo na boca.
– Não venho para contenda, mas paz. Sou Josué Macktube, o levantino e guerreiro. Tinha o sonho de que deveria reger esta terra. É com vento de verdade o sonho. Obedeço.
Então me dispus a levá-lo ao palácio do governo. Desabitado. Alguns passarinhos entravam e saíam, avoantes, pela janela aberta. Mas disse: – Há que escutar o povo!
– É o que desejo! O homem nasce da águia e a águia do homem. Sujeito-me a uma eleição. E eleição houve, rápida. Foi honrado pela roda do povo, que o veio reconhecer com certo pasmo diante do rosto de águia, mas Riopampa já se habituara com as estranhezas. E foi empossado com palmas da multidão que o cercava. Evitou o discurso. Agradeceu a confiança. E ao sentar-se na cadeira, outra águia irrompeu

pela janela e pousou sobre o ombro direito de Josué Macktube, impávida. E o povo chamou aquele tempo novo que chancelava Riopampa como *A República da Águia*.

E o governante era benevolente. Dizia para todos ouvirem: – Quem manda com o Espírito, manda de alma e atinge o alvo.

Reorganizou as finanças e cuidou de apagar as cicatrizes do anterior regime. Arrancou os dizeres de Nietzsche, que, com bronze, se alteavam numa coluna, já que o pelo, sobretudo o dos ratos, fora abolido; a humildade não. E colocou a espada ao lado, afirmando:

– Não se vive sem ter palavra dentro! É a espada, e eu sou a bainha.

Mandou chamar Azarias, da sua cova na rocha, assegurando:

– Governo não prospera sem a sabedoria do profeta. É como colocar Deus por perto. – Acrescentou, contente.

Queria a presença de João Mudo, que voltara para a Aldeia de Albion, mas soube que não encontrara quem lhe valesse, nem pedra onde encostar-se, e se resignou a existir em penúria e esperar com paciência o termo de seus dias, que veio e agora com a fala dos ossos sob a tumba jazia. E ficara a Morte bem mais muda do que o defunto.

Certa manhã de outono, brinquei com ele, pois me pusera entre seus convivas e conselheiros: – Macktube em árabe significa "estava escrito". E ele riu, Contou que o pai lhe deu tal nome por ser estéril sua mãe, que assim mesmo deu à luz, e ele veio ao mundo. Foi forjado com Percival e outros guerreiros na Ordem da Cavalaria. Parecia fora de moda. Mas o fora de moda era atualíssimo, e o atual, fora de moda. Defendeu a cortesia e o empenho pelo povo.

Gostei de sua simplicidade e franqueza. E me adaptei logo ao seu rosto de águia. Um homem livre acata o que é grande sem uma gota de despeito.

Ao lhe apresentar Alina, disse-me: – O amor aboliu o tempo. Quando acontece, a luz dá voltas ao coração. Alina parecia entender tudo. E ninguém escapa da imaginação.

À parte, observei o carinho com que tratava seu cavalo: Burak, em árabe resplandecente. Um cavalo brioso, companheiro, com limpidez de intenções. Apesar dos afazeres, dava-lhe pessoalmente de beber e comer. E os olhos daquele alazão, quando o contemplava, tinham dentro um bando de pardais. Vi o gesto mais belo: o cavalo curvar-se diante do dono.

E o povo de Riopampa, tão sofrido, se afeiçoou ao cavaleiro. Convicto de retirar-lhe as agruras da pobreza, não se fixando na semente, mas lhe dando espaço para que ela possa crescer. Amor devolve amor.

Por sua vez, Azarias era ouvido na quietude. Tinha o segredo de Deus. E perigosa era a posição de qualquer revolta, pois continuava com sopro de morte na boca. Evitava soprar, ainda que sabendo quanto a Morte lhe obedecia, com a paciência e presteza da mula que segue o muleiro. Preferia manter a alegria das espigas ao rosto da dor. Com voz poderosa, pacificou um leão e era domesticado como cão de guarda. Deu um nome curto para ouvir mais rápido ao seu chamado – Lácio. Era brando, calado e o seguia por toda parte. Tão bem acomodado e manso, que todos o admiravam pela realeza, sem o perigo da investida. Onde o mágico se aliava ao sobrenatural. E um girassol habitou os olhos do leão, como se continuasse a brotar.

E vi sobre a mesa rústica de madeira, aberta, *A Divina Comédia*, de Dante Alighieri, exatamente no último Canto do *Paraíso*, onde li, o que me alegrou muito a respeito do futuro (tradução de Italo Eugenio Mauro):

> Qual geômetra que, com fé segura,
> volta a medir o círculo, se não
> lhe acha o princípio que ele em vão procura,
> tal estava eu ante a nova visão:
> buscava a imagem sua corresponder
> ao círculo, e lhe achar sua posição.
> Mas não tinha o meu voo um tal poder:
> até que minha mente foi ferida
> por um fulgor que cumpriu Seu querer.
> À fantasia foi-me a intenção vencida;
> mas já a minha ânsia, e a vontade, volvê-las
> fazia, qual roda igualmente movida,
> o Amor que move o Sol e as mais estrelas.

E o inesperado, que deixou o cavaleiro atônito, foi o gesto do leão, que puxou com os dentes o livro aberto e o arrastou, suavemente, à beira, e de pé quis ver aquele texto, enternecido, como se os girassóis de seus olhos caíssem sobre as letras. E o cavaleiro José Macktube se levantou de sua cadeira para assistir a tal espetáculo. E todos se levantaram: perceberam que ele estava lendo devagar tal se à flor da boca fosse suplicando. Ou como se Mozart no leão descobrisse o clarinete do poema, quando o clarinete tocando versos é que descobriu o leão em Mozart. E o clarinete era de girassóis saindo música. Porque o leão lia do escuro para a luz, quando os olhos vinham de dentro para fora.

E o Cavaleiro falou, comovido:
— A palavra é o lugar de Deus.

## 10.

Soube que o profeta Azarias e o leão morreram juntos, abraçados. Como se um saísse de outro. Andavam na floresta para a casa na rocha, sob veemente tempestade, uma das maiores de que se tem notícia, e um raio, à espreita, atingiu os dois num cajado só de relâmpago, tal se uma pedra de fogo abrupta. O raio tinha língua grande, era demente e tinha sopro de morte. Fulminante.

O sepultamento dos dois juntos, numa mesma cova, com a honra do povo e do reinante cavaleiro José Macktube foi num lugar de terra, onde o profeta caminhou dentro da floresta. E não se sabe onde, apenas o escuro das árvores se encosta neles num cruzamento de passarinhos. E se foram com honra, que é o pudor dos ossos. Mas se a morte tem óvulo, há que incubar o absoluto até que dê cria.

## 11.

O que vos contei, é o que me foi dado. O conhecimento é redondo como a romã. Alina me completa. E nada nos falta na casa junto ao monte. Por também sermos a casa. E como diz Auden: "Eu sou amado, logo existo". E não há limite ao amor. Nem com a sombra, a água, a pedra, nem com o sol tão velho e jovem, e, Alina, o amor quebra os limites, tem

cantar de passarinhos. E é fumaça de orvalho com a natureza que faz suspirar amor. E Deus comete o seu avoar sobre a floresta: voamos de ver Deus. Voamos, caindo a alma de amor em Deus. Quando o moroso céu vai caindo, caindo de céu. E a sede aumenta nos que se amam. A água, até a água tem sede.
 Não tenho ainda a idade dos juízos absolutos. Talvez um dia tenha. Se é apuro dos dias ou da obstinação de enxergar. O que é mais meticuloso ou incerto. Ou talvez ainda possua a clarividência que se alia à inteligência. Nesse ir e vir para os outros, é que os dons se afeiçoam. Com duas recusas – reitero – que me acompanham: a de mentir e de aceitar as opressões. Mesmo que a liberdade seja muito perigosa. Se a sorte não me poupou de viver nesta época devastada, não me desinteressei dela. E a miséria dos homens é a miséria da civilização e deve ser tratada com misericordiosa solidariedade. Não tocamos a dor, mas ela nos toca. Emerson dizia: "Toda parede é uma porta". E as mais valiosas ideias vêm ao mundo com patas de sonhos. Mas vi que o destino se repete muito: não se muda o destino. Nem mudei a realidade, foi ela que me foi criando.
 E as gerações tentam refazer o mundo, que é maior do que elas nas veredas do espírito.
 Mas tudo o que escrevi foi sobre a sibilante decadência da República e seu recomeço. Não acabamos nunca. Nem a infância acaba. Muito menos a palavra que aqui deixei. Não volta para trás por ser eterna. Como a foz não foge de ser foz, o fogo não foge do fogo, a palavra não escapa de si mesma.
 Talvez não tenha contado grandes façanhas, porque o tamanho dos feitos diminui se o tempo também vai redu-

zindo seu curso. Se não contei feitos grandiosos, que, para Píndaro, "têm sede de cânticos", contei a forma como a civilização humana e a animal se confrontam, ou o combate de ser humano, apesar das idades, intempéries.

Não há impossíveis diante do olhar informe da fé, e se a pedra guarda esquecimento, eu não sou pedra. Nunca serei, mesmo que ela um dia me cubra.

"E a glória sempre chega tarde para as cinzas" – anotava com dobrada razão o poeta Marcial. Ou chega para reacender as cinzas.

E se a ave pode deixar o rastro de seu voo, eu deixo. Voar é estar dentro da palavra que pousa de amor. Se a palavra voa, nós somos levados.

Não me escondo dos vivos, nem dos mortos. Só queria falar a língua de Deus, mas não falo. Se o fizesse, talvez não fosse entendido.

Falo a língua do homem para Deus, e Ele me entenderá. Por ser simples, de capturável afeto, sem ambiguidades. Acostumado com a insônia e a fome dos vivos. Pois são os vivos que O servem. Chamando pelo nome, por todos ignorado, de cada astro, nebulosa ou planeta.

## 12.

Preciso de pouco: do amor de Alina e de a alma continuar viva. Porque alma tem estrela, e a língua, o firmamento. E os cometas circulam nas metáforas, como se pertencessem à mesma roda.

E a memória vai comendo a memória. Alguns seres amados lembramos e depois se vão apagando, até com nossa lembrança, ou das grandes obras, ou do gênio. Porque a memória padece de insônia, ou loucura, e nem se mostra tão acesa ao dia. Afrouxa, como se lhe faltasse parafuso. É caótica, quando se desvia do seu fundo. Ou vão os conceitos petrificados, coxeando e trôpegas são as teorias. Diz Nietzsche com razão: "É mais fácil quebrarmos uma perna do que uma palavra". Como é mais fácil quebramos uma pedra, ou um muro, ou algum penedo do que uma palavra. Ou é mais fácil a rachadura de um navio do que rachar a palavra ao meio. Não é mistura acidental de letras do alfabeto, mas mistura de alma. A palavra é uma árvore de outra árvore e outra, que persistem e não terminam. Se encararmos a palavra, de mais longe nos contempla por lhe habitar luz. Onde com infinitas operações, prevê o que é meticuloso e ínfimo detalhe ou a desabrida veracidade. Flaubert diz que o "propósito do mundo é o livro". Não sei em que medida o mundo é o livro. Como percebemos que nenhuma interpretação esgota os símbolos. E o uso da palavra é tão difícil, que mais cautela devemos em omiti-la, que empregá-la impropriamente. Porque fora do lugar, queima ou rebenta. Mal utilizada, ao criar, devora. Mas ao devorar, às vezes cria. E a grandeza nem sempre é a de ser bem entendido, mas entender. E o homem não é derrotável, o homem não pode ser derrotado. O espírito do homem não nasceu para ser derrotado. Nem aceito qualquer decreto do fim da humana civilização. E as imagens se locomovem como peixes num aquário. E a água tateia e fareja bem antes os peixes, do que eles, a água. Diferente é o amor, que não há de se omitir e jamais será excessivo. Com a palavra que cria pegadas nos seres. Só o amor tem sentido. Só o amor gera uma cadência eterna. E sobrevive, sobreviverá de estar sucedendo de suceder parada, igual ao Oceano, que não transcende o limite, com solene, labiosa e constante sintaxe, sem viver sozinho. O monstruoso rejeita a ironia e o desfile do grotesco. Nem a zombaria os configura. Têm um ríctus trágico, a feição de revisitado pesadelo, transido choro no terror. Ou a esmagadora trivialidade do nada. O que aconteceu foi terrível e desaconteceu. Continuará desacontecendo. O mal é perenemente autobiográfico. Não inventei este texto. O texto é que me descobriu.

## 13.

E mais. A Morte para viver precisava ainda uma espécie de graça; já não existia nela nenhuma espécie de graça. E não sobrevive na Morte nem infância, nem adolescência, o que ajuda a existir, não matar. Perdeu esse lascivo prazer. E confessava abominar os compassivos, os crédulos que julgavam predominar com etnias, os prepotentes e os covardes. Os homens, mesmo aparentando racionais, davam cria na loucura. E o que detestava nela, detestava nos outros: o nazismo, doença do espírito. E jamais queria escutar o *slogan* do rato filósofo da *floresta negra*, que, irritante, aliciava a juventude, ou avivava a multidão: "A grandeza emerge no assalto". Sinceramente, a Morte não via grandeza alguma em assaltar, nunca vislumbrou o surgimento de uma raça pura, já que todos eram iguais sob a terra, muito menos a ocorrência do super-homem, sendo todos os que conheceu pobres, cheios de medo, sem empáfia nenhuma, com dor, lamento, sem a menor superioridade e a noite a medi-los, tendo o jarro da lua aos ombros. E cansou-se de seu ofício de carregar defuntos, com alguns demasiadamente pesados, outros mais leves e tão desditosos que nem valiam o transporte. A erva, a pedra, o vegetal, a estirpe e a devastada história humana o aborreciam. Chegando ao ponto de esquecer-se de si mesma, justamente aposentada por tempo de serviço, livre dos deveres e absurda cegueira de ver. Prolixa, praguejante, atiçada nas entranhas. A Morte estava infeliz, com remorsos, desacreditada. Irreconhecível. E gaguejava. Porque a Morte não sabe calar e não dizia palavra com palavra. Não podia mais dizer, nem murmurava sílabas. Tartamudeava azuis fonemas. E era gaguez eterna. Gaguez de tumbas, gaguez muda de aves. Gaguez com seixo dentro. A palavra viu Deus e a Morte, palavra não, nenhuma. Nem aba, asa, casca, ou vaga-lumes de palavra. Nada, nada, nonada. Tudo. E amor é o que não consegue morrer.

# Colofão

A MORTE É ARIANA completa – RIOPAMPA, ou O MOINHO DAS TRIBULAÇÕES. E o processo de metamorfose no livro é o da memória para a imaginação. Nada se perde, tudo muda de invólucro, pele, sonho, ou pesadelo. Só se descobre o que se inventa.

Foi escrito este romance, aos poucos, de fevereiro a maio de 2015, na Morada do Vento, em Vitória. Com "o milagre de amor que ninguém entende, nem se alcança por ciência ou arte!" – no dizer de Cervantes Saavedra.

E dou fé, o servo da palavra,

*Carlos Nejar*
Dezenove de maio de 2015.

45,00
36,00